遺跡発掘師は笑わない

あの時代に続く空

The sky that continues that age

佐々木家の庭、掘るべからず

東京の真ん中で土地を相続するのは、大変だ。

なにせ地価が高い。

佐々木《ささき》耕太《こうた》の実家は四谷《よつや》にある。この春、父・伸夫《のぶお》が亡くなった。

父はひとり暮らしだった。

耕太は実家の土地と建物を相続することになったが、地価が高く、しかもそこそこ広い庭もあったため、目の玉が飛び出るような相続税が課せられてしまうのだ。

耕太は大手印刷会社に勤める五十歳。

結婚して三人の子供をもうけ、郊外に住んでいた。大学生がふたり、高校生がひとり。

しかも三人とも私立ときた。学費がかかり、とても相続税を払えるような蓄えはない。

やむなく実家を売ることになった。

「……まだまだ先の話だと思っていたんだがなあ」

晩酌をしながら溜息《ためいき》をもらすと、妻の桃子《ももこ》もうなずいた。

「十年前に亡くなったお義母《かあ》さんも貯金をしない方だったそうだしね……」

裕福な農家育ちで食に困らなかったため、貯金という概念がなかったのだ。

「親父も無頓着《むとんちゃく》だったから。しかし、ここまで貯金がなかったとは」

遺跡発掘師は笑わない

あの時代に続く空

桑原水菜

角川文庫
22425

遺影の父はいい笑顔だ。眺めながら、缶ビールをあおった。父は死の直前まで元気いっぱいで、ジム友とお茶をしていたという。

「相続のことは頭の片隅にはあったが、まだ先の話だと思って油断していたよ。何も対策していなかったのがまずかった」

　実家の近所ではマンションやオフィスビルに建て替えたり、切り売りして駐車場になったり、と相続対策の痕跡《こんせき》がいっぱいだ。業者からは頻繁に声がかかっていたし、うちもいい加減考えねば、と思っていたが、子供たちの進学やら仕事の多忙を言い訳についつい先延ばしにしていたのだ。

　郊外に買った自宅はまだローンが残っている。自宅を売って相続税に充てるのも現実的ではない。老後は便利な都会で過ごす、なんて夢も多少はあったが、実家はおんぼろ一軒家でとても快適とは言えない。

「……でも確か、佐々木の家は由緒正しいおうちなのよね」

「先祖は直参の旗本だったって」

「直参の旗本ってことは、将軍様にもお目通りできたのよね。すごいじゃない」

　こう見えて、桃子は大学の史学科出身だ。……まじめな学生とはお世辞にも言えなかったが。

「先祖代々の土地を手放すのは、ご先祖様に後ろめたい？」

「それはないな。親父も『俺が死んだ後は好きにしろ』って言ってたし」

「貯金はなくても先祖から伝わった骨董品《こっとうひん》があったりするとか」

「ないよ。ないない。あったとしても、きっと遊び人のおじいちゃんが借金のカタに売っちゃったよ」

なんとか鑑定団に出せるような「あっと驚くお宝」は期待できそうにない。

「そもそも旗本なんて貧乏だったらしいぞ。地方の豪農みたいなわけにはいかないよ」

それもそうよね、と桃子も肩をすくめた。

「週末は泊まり込みで遺品整理に行きましょうね」

＊

住む人がいなくなった家は、驚くほど早く傷みが進むという。

人がいるだけで家にも生命力が宿るのか、確かにもぬけの殻になった実家は、急におんぼろ具合に拍車がかかったようだ。縁側に面した雨戸がなかなか開かず、苦労した。

閑静な住宅街だ。

市ヶ谷《いちがや》駅と四ツ谷駅の間にあり、番町《ばんちょう》と呼ばれている。

緩い坂をあがった高台だ。その昔、神田川《かんだがわ》の外濠《そとぼり》を背にした江戸《えど》城西の備えのため、旗本たちを住み置かせたという。明治《めいじ》の世となってからは、徳川《とくがわ》の旗本が去っていった後に旧華族たちが移り住んで「元祖山の手《やまのて》」と呼ばれた高級住宅地になったという。

いまはすっかりマンションやオフィスビルだらけになったが、学校も多く、文教地区の香りがする。

　佐々木家の庭はその昔こんもりと樹木が覆っていたので「四谷古墳」などと近所のひとに呼ばれていた。手入れが大変なので樹木はだいぶ伐《き》ってしまったが、古風な板塀に囲まれた昭和の風情に味がある。空襲で焼けた後、すぐに建てた家だから、築七十年ほどだろうか。レトロな建て構えに目をつけられて、ドラマのロケで使われたこともある。

　衣類や食器を片付けながら、耕太は思い出に浸っていた。

　薄暗い台所の柱に刻んだ背比べの跡。階段のしみ、いまは物置になっている子供部屋、柱や梁《はり》、床板まで、そのひとつひとつに家族の記憶が染みついている。不動産屋には更地で引き渡す予定だから、この家もまもなく取り壊すことになる。

　庭は草ぼうぼうだ。主《あるじ》が死んだ後も雑草の生命力はなお旺盛《おうせい》なのが不思議だった。

「この柿の木ともおサラバか」

　幼い頃、今は亡き兄と木登りをした。とれる実は渋柿ばかりだったが、干し柿にすればおいしく食べられた。耕太が生まれる前からここにあって、父や祖父の成長も見守ってきた古木だ。

「昔はとなりに桜があったんだ。親戚《しんせき》を呼んで花見をしたなあ」

「その桜はどうしたの？」

　皿を梱包《こんぽう》しながら、桃子が訊《たず》ねた。

「二十年ほど前に枯れて、切ってしまったな。切り株が残ってたはずだが」

いつのまにか重機で引っこ抜いたらしい。かわりにゴルフ練習用のネットが設置してある。父はまだまだゴルフにも行く気満々だったようで、そこここに球が転がっている。

「ったく、親父の奴。最後までものぐさだったんだな」

耕太はバケツをもってゴルフの球拾いを始めた。

「ん？　なんだこれ」

ふと目に飛び込んできたのは白い固まりだ。土から顔を覗《のぞ》かせている。

掘りだしてみると、白地に青く染め抜いた磁器の一部が出てきた。

「伊万里焼《いまりやき》かな。いや、景徳鎮《けいとくちん》かも」

気になって見回してみると少し離れた場所にも何か埋もれている。掘ってみたら、割れた皿が出てきた。これもだいぶ古い。

「なんだなんだ？　やけに焼き物の破片が埋まってるなあ」

桃子も興味津々でやってきて、手当たり次第、掘り返し始める。

「見て。これかんざしじゃない？」

ぐにゃりと曲がった髪飾りらしきものが出てきた。真っ黒だが銀製かもしれない。

それを見ていた耕太は唐突に思い出した。祖父が昔、親戚の前で話していた言葉を。

あの時はいつもの与太話だと思ってまともに受け取らなかったけれど、もしかすると、これは……。

「おい、桃子！　この家、売らないでも済むかも知れないぞ」

「えっ。いきなり何言って……」

「埋まってるんだよ。お宝が」

耕太は桃子の肩をぐいぐい摑《つか》んで揺さぶった。

「ここにはあるんだよ。東照大権現《とうしようだいごんげん》様のお宝が！」

*

以上が「佐々木家発掘調査」のきっかけだった。

夫婦が調査を依頼したのは、亀石《かめいし》建設の発掘調査事業部だ。

そこからやってきたのは、筋骨隆々とした格闘家のような中年男と、学生とみえる小柄な若者だった。

「学生じゃないっす。とうに社会人っす」

西原無量《さいばらむりよう》は即答した。童顔に多少コンプレックスがある。

「若くみえるが、こいつはうちのエース発掘員《デイガー》なんですよ」

格闘家のような中年男が付け加えた。

柳生篤志《やぎゆうあつし》だ。

亀石建設発掘事業部で発掘調査士の資格を持ち、現場監督を任されている。

大柄でいかつい柳生と小柄で童顔の無量は、絵に描いたような凸凹コンビだ。

佐々木夫婦の知人に亀石建設の社員がいたのがきっかけだった。相談を受けて、柳生と無量が下見にやってきた。雑草の生えた庭に立ち、図面を広げる。

「このあたりは直参旗本……徳川直属の家臣団で『大番組《おおばんぐみ》』と呼ばれる人たちが住んでいた界隈《かいわい》ですね。こちらのお宅も古地図上で確認できました」

「えっ。地図にも載ってるんですか」

「江戸時代の古地図は詳細なものが多く残っていて、現在の地図との照合が比較的、楽なんです。旗本の屋敷はだいたいこの番町界隈や駿河《するが》台《だい》のあたりに固まってるので、こちらもこんな感じで」

と柳生がスマホを見せる。今は古地図アプリもあるのでわかりやすい。

「本当に江戸時代からあった家だったんですねえ」

「敷地もほぼ変わってないようですね。家の歴史がそのままそっくり土の中に残ってるのは、旗本屋敷の研究者には興味深い案件かと」

旗本といえば、家康《いえやす》に従って駿府《すんぷ》からついてきた武士たちだ。旗本八万騎と呼ばれ、幕末には五千ほどの家があったという。その家族が江戸の二百数十年をどう暮らしてきたか、の見本になる。

「ただ……この界隈は、明治維新の時に確か、新政府軍に接収されてるんですよね。旗本たちは徳川家について静岡に移り、新政府軍の高官が移り住んだように聞いてるんですけど、佐々木家は残ったんですね。何か事情があったんでしょうか」

「さあ。そのへんは特に何も伝わってませんが……桑畑をもってて蚕を育てた、なんて話は聞いてます」

　武家屋敷跡が桑畑になっていた時期もあったようだ。今では考えられない。

「埋まってたお皿やお椀《わん》はうちのご先祖様が使ってたものなんですね」

「まとまって出てくるのは多分、このあたりにゴミ捨て穴があったんでしょうね。切り株を取り除いた時に土が攪乱《かくらん》されて、埋もれてたものが出てきたんだと思います」

「ほとんど日常使いの瀬戸物っすね」

　しゃがみこんでいた無量が、地面から欠片《かけら》をつまみだす。伊万里でもなければ景徳鎮でもない、と知り、佐々木夫婦は肩を落とした。

「いやいや。これだって立派な遺物っすよ。江戸で安い陶磁器が日常使いされるようになったのは十九世紀前半からなんすよ。元禄《げんろく》年間あたりっすかね。美濃《みの》焼や瀬戸焼が大量に流通しはじめた証《あかし》」

　昔はゴミ回収などというものはない。廃棄物は土に埋めれば終了だ。そして木製品とはちがい、陶磁器は土の中でも何千年も残る。貴重な「生活の痕跡《こんせき》」なのだ。

　調査プランです、と柳生が図面を見せた。

　試掘トレンチが書き込まれている。

「一回目の試掘は建物を残したまま、庭を重点的に、とのことでしたので、この形で試掘トレンチを入れてみます。家屋を壊した後、二回目の試掘を入れるので、本調査は来年……早くても年明けってところでしょうか」

「あの、ひとつ質問なんですが」

耕太がおそるおそる訊ねた。

「出土品は我が家の所有物、ってことでいいんですよね」

柳生と無量は顔を見合わせた。

「……はい。私有地内での個人依頼の調査ですし、公的機関の発掘とはちがうので、貴重な遺物を残していただけるのはありがたいです。拾得物扱いする必要もないかと」

「出てきたものは私らが所有してもいいんですよね」

「はい。ただ大量に出てきたら結構、保管場所とりますよ」

大丈夫です、と夫婦は声を揃えた。目が輝いている。

ではさっそく、と柳生が草刈り機を車からおろしはじめた。

「まずは庭の下草刈りから始めますね」

＊

一日の作業を終えて、無量と柳生は現場を後にした。

このあたりは坂が多い。江戸城の外濠《そとぼり》にあたる神田川に沿って、ほとんど崖《がけ》のようにせり上がった小高い丘は、今は学校が多く、下校する学生の姿が見られた。柳生の運転する車からそれを眺めて、助手席の無量が呟《つぶや》いた。

「あの夫婦、なんかおかしくないすか」

「おかしい？　どんなふうに」

「なんか隠してるっていうか、たくらんでるっていうか」

　ゆるくカーブした神田川を黄色い帯の電車がなぞるように走っていく。ぼんやり眺める無量は腑《ふ》に落ちない顔だ。

「おいおい。穏やかじゃないな。なにか引っかかることでもあるのか」

「引っかかるっつーか、建て替えを考えてるって言ってましたけど、遺物の所有者を確かめたり、こことあそこを重点的に掘れなんてリクエストしたり、遺構か遺物のあてがあるみたいな言い方してるし」

　何より時々こそこそと小声で話しているのが気になる。

「都心の一等地で不自然な発掘。なんか犯罪のにおいがする……」

「物騒なこと言うなよ」

「なんか、まずいもんが出てきそうな」

　無量のこの手の予感はよく当たる。というか、発掘をすれば事件になる確率が高い無量は、変な意味での「当たり屋」だ。

「また鬼の手が騒いでるのか」

「いや、たぶん、季節の変わり目だからっす」

と言い、革手袋をはめた右手をひらひら振った。

西原無量は亀石発掘派遣事務所（通称カメケン）に登録する派遣発掘員だ。

ランクAの腕前をもち、たびたび発掘調査の事業主や現場から指名を受けて遠方まで派遣される。カメケンの若きエース発掘員は、その右手にヤケドの痕《あと》を抱えている。皮膚のひきつれが「鬼の顔」に似ているというので《鬼の手《オーガ・ハンド》》などと呼ばれていた。

その《鬼の手》はどういうわけだか、時々貴重な遺物を嗅《か》ぎ当てる。

発掘中の興奮が右手の古傷を疼《うず》かせるだけだと無量自身は解釈しているが、その後にかなりの確率で重要遺物を掘り当てるので、いつのまにか「宝物発掘師《トレジャー・ディガー》」などというあだ名がついた。

「そうか。おまえの右手はついに犯罪の匂いまで嗅ぎ当てるようになったか。探偵になったほうがいいんじゃないのか」

「言い方。……でもあの規模の建て替えに伴う調査なら、ふつう更地にしてから掘りますよね。なのに家残したまま半分ずつって。単なるお金持ちの好奇心すかね」

「待てよ。逆じゃないか？」

柳生は靖国通《やすくにどお》りにあたったところでハンドルを切りながら、言った。

「故人が埋めて隠したものを、密《ひそ》かに掘り当てようとしてるとか」

「何かってなんすか。現金っすか」

「死体かもしれないぞ」

「故人の犯罪を暴くってやつっすか」

「そうだ。実は正義の夫婦かもしれん」

「暴いてどうするんすか」

「わからん。というか、現金が埋まってるなら自分たちで掘ってるはずだ」

「俺たちに掘り当てさせて、その後、闇に葬るつもりかも」

サスペンスドラマのような妄想がとめどなく広がっていく。

「……そこでアレっすよ。故人の霊が出てきて十兵衛《じゅうべえ》さんにメッセージを送るんすよ」

十兵衛とは柳生のあだなだ。柳生は元エース発掘員で、無量の大先輩にあたる。しかも霊感が強いという特技（？）があった。

「故人からのメッセージか。そこで霊と《鬼の手》が対決するんだな」

「いや、対決はしないっす」

与太話がつきない。

車は靖国通りを走っていく。行く手にそそりたつ防衛省の鉄塔が夕陽を受けて赤く輝いている。

＊

そんな妄想の題材にされているとはつゆ知らず、佐々木夫婦も帰りの車中で作戦会議中だった。

「ねえ、本当に確信はあるの？」

助手席の桃子は心配そうだった。自治体から補助金が出るとは言え、発掘調査をするとなると大事《おおごと》だ。だが耕太は強気だった。

「将軍様からのお宝が発見されれば、必ずすごい価値になる。それに比べれば、ほんの必要経費の範囲だよ」

自分たちで掘ることも考えたが、小一時間ほど挑戦して、ただならぬ重労働だと気がついた。やはりプロに任せるのが一番だ。

「でもそんなに大切なものなら蔵とか金庫とかに入れておくはずじゃない？」

「蔵が建てられるほど裕福でもなかったようだから、埋めたんだろうな。祖父の話によれば、昔の家はもっと広くて、庭になってるあたりにも座敷があったらしい。どうやらその床下を深く掘って埋めて隠したみたいなんだ」

首都高の入口バーがあがると同時にアクセルを踏んだ。本線との合流の先で車が数珠《じゅず》つなぎになっている。テールランプが眩《まぶ》しい時間帯だった。

「実はうちの先祖、三方原《みかたがはら》の戦いで命からがら逃げた徳川家康を体を張って守り抜いたらしい」

「知ってる。武田《たけだ》信玄《しんげん》と戦って大負けした戦よね。家康が逃げる時にお漏らししちゃったっていう」

その時の近侍のひとりが佐々木家の先祖だったというのだ。功績を讃《たた》えて、与えた褒美が佐々木家の家宝になったという。

「その家宝って何なの？　刀？　それとも」

「黄金だ」

耕太は神妙な口調になった。

「黄金の茶器だったらしい」

桃子は目を丸くした。

確かに戦国武将が褒美で茶器を与えたというのは、よく聞く話だが、黄金製というのは、いかにも成金的な発想で、黄金の茶室を作らせた豊臣秀吉《とよとみひでよし》ならともかく、地道で堅実な（イメージのある）家康らしくない、と桃子は思った。

「命の恩人だから、特別だったのかな……」

「いまの金価格に換算したら、それだけでも大変な額だ。しかも徳川家康ゆかりの品だとしたら、とんでもない値段がつくはずだ」

「そんなすごいもの、埋めたままにしてたの？」

それがな、と耕太は声をひそめた。

「じーさんが言うには、先祖はその茶器を東照大権現様の御神体にみたてて地下に祠《ほこら》をこさえて祀《まつ》ったんだそうだ。掘り返したらバチがあたるぞ、と」

それで誰も手をつけられなかったらしい。遊び人で借金をこさえた祖父ですら、手をつけなかったくらいだ。

だが、土地を売るとなれば、みすみす他人の手に渡ってしまう。その前に佐々木家の子孫として、どの道、きっちりと回収しなければならない。

「そんな大切なものなら、ますます売ったりしたらまずいんじゃないの？」

「背に腹はかえられない。このための家宝だって考えもあるじゃないか」

「バチは当たらない？」

「バチどころか、それを売って先祖の土地を守れるんなら、ご先祖様も納得してくれるよ」

耕太ははなから売る気まんまんだ。

土地が大事か、家宝が大事か。こればかりは先祖に伺いを立てるわけにもいかない。

「とにかく、桃子。おまえはこれから毎日、実家に通って発掘に立ち会ってくれ。あの人たちを疑うわけじゃないけど」

万一のことがあっては困る。

自宅から実家までは電車で二時間、通うにはなかなかの遠距離だが、桃子はパートの契約期限が切れたばかりで時間だけはある。

「わかった、まかせて。黄金の茶器が出てくるまで、しっかり見張るから」

＊

佐々木邸の試掘は着々と進んだ。

小さなユンボで表土を剝《は》ぎ、図面通りに印をつけたところを掘っていく。

発掘作業を初めて見る桃子は、興味津々だ。

史学科で古文書を読まされることはあったが、考古学とは縁が無かった。土木工事のような段取りで進む作業は、同じ歴史研究でもアプローチの仕方がまったくちがう。

「何かお手伝いすることありますか」

「いえ。お気遣いなく」

発掘屋の持ち込む道具は様々だ。ジョレンやスコップといった大きなものから、移植ゴテやハンディサイズの鋤《すき》。道具箱の中にはスプーンやおたまといった台所用品まで入っている。移植ゴテも「先端が曲がっているもの」「半分ほどしかないもの」「細いもの」。手鋤の刃も三日月形や半月形、大きさも太さも様々だ。

「こんなに色んな道具を使い分けて掘るんですね……」

「はい。このへんの細いのは主にピット……えー……土坑……いや、穴の跡を掘るための道具ですね。一口に穴と言っても深さもサイズもいろいろなんで、それに合わせて自分たちで道具を加工したりしますよ」

あんな感じでね、と柳生が無量のほうを見る。金槌《かなづち》で移植ゴテの先を叩《たた》いて曲げている。

柳生は土地主とのやりとりに慣れている。説明も調査員の仕事のうちなので、聞けば何でも答えてくれる。

若いほうの発掘員——無量は寡黙だ。黙々と作業を続けている。

片手を地面について、もう片方の手でネジリガマを握り、手際よく土を削っていく。

その迷いのない大胆な手さばきに桃子は見とれた。いかにも職人といった感じだ。

「例のゴミ捨て穴は攪乱《かくらん》を受けているので……」

「攪乱って？」

「あ、土が後の時代に掘り返されているって意味です。そのせいで遺物も掘り返されて、古いのも新しいのもぐちゃぐちゃに混ざっちゃってますが、こっちは、ほら。きれいな層になってるでしょう」

トレンチに入った柳生は、土層の説明もしてくれる。

「この黒っぽい線、見えます？　これ恐らく富士山《ふじさん》の火山灰です。宝永《ほうえい》の噴火の」

「あっ、知ってます。宝永火口が噴いた時のですよね。灰が風に乗って江戸の町にまで降ってきたって。すごい。ちゃんと残ってるんですね」

「こうして残ってるのは稀なんです。発見です。それからこの黒い土の線。火事の痕《あと》です」

「火事ですか」

「はい。江戸はたびたび火事で焼けてますから、焼けた土の層が年代の目印になるんです。大火だけでも八十六回起きてるそうですから、史料と場所を照らし合わせれば、これは何年何月の火事の時にできた焼土層だってわかる場合もあるんです」

柳生は手ガリの先で焼土をなぞった。

「それをみれば、火事の回数までわかるんですね」

「あとは火熱を受けた遺物との兼ね合いですね。火事が多かったので、江戸のひとはよく穴蔵を掘って大事なものを保管したみたいですね。裕福な武士や商人は土蔵も建てますが、庶民や裕福でない武士は地下を掘って貯蔵庫にしたみたいです」

桃子は「あっ」と気づいた。耕太が言っていた「地下の祠」。

もしかして、その「穴蔵」にあるのではないだろうか。

「穴蔵って大きいんですか」

「形式や大きさもまちまちですけど、大体、人は余裕で入れます。戦時中は遺構の二次利用で防空壕《ぼうくうごう》代わりにされた、なんて話も聞きます。関西のほうだと壁に切石を積んでお城の石垣みたいだったりするんですが、江戸は、特に低地は地下水位が浅くて水が出やすいので、地下空間をヒバやカシワといった船材で囲うことが多いですね」

「船の……。そうか。水が入ってこないように」

「なので穴大工は船大工とも関わりが深いんです。有楽町《ゆうらくちょう》駅一帯にあった南町《みなみまち》奉行所の跡からは、温泉旅館の湯船みたいに大きい枡形《ますがた》の箱が出土して、今も飾ってありますよ」

江戸時代の知恵に、桃子は感心しきりだ。

「うちにも穴蔵ありますか」

「あったかもしれませんね。掘れば出てくるかと」

その日は「屋敷の遺構」なるものがいくつか出てきて、いま庭であるところにも建物があったことが判明した。土の色など桃子には全部同じに見えるが、プロが見れば、そこが溝だったとか柱穴だったとかが一発でわかるらしい。

が、穴蔵は出なかった。

「お疲れ様っす」

帰り際、無量が頭を下げた。桃子と口をきいたのは、このときだけだ。

桃子から見れば無量は息子や娘と同世代だが、すねかじりの息子たちとはちがい、やけに頼もしくみえる。寡黙なところが職人気質《かたぎ》にみえるのと、あの慣れた手さばきにプロフェッショナルを感じるせいだろう。まだ二十代前半で発掘歴は八年だという。考古学というと、つい石器をはじめ縄文《じょうもん》時代や弥生《やよい》時代の土器といった、遥《はる》か遠い先史時代のものを扱うイメージだったが、江戸時代も考古学の範疇《はんちゅう》に入るのは意外だった。

おかげで桃子も感化されてしまった。この界隈《かいわい》は江戸時代はどうだったのだろう。学生時代は中世史ゼミにいたので近世江戸にはとんと詳しくないが、久しぶりに歴史を調べてみようかな、という気になった。

「帰りに古地図でも買ってみようかな……」

＊

翌日――。庭で無量たちが働いている間、桃子は義父の遺品整理に励んだ。

黄金の茶器が出てくるとしたら、おそらく穴蔵の中だろう。

つまり穴蔵が見つかるまでは、逐一見張っていなくてもよろしい、と判断した。

二階の部屋はほぼ物置になっており、天袋も手つかずだ。耕太によれば、父が若い頃少しだけ手をつけた古いカメラや画材などが詰まっているという。想像するだけで億劫《おっくう》だったが、この際一気に処分しようと発奮し、中のものを取り出し始めたところ、出てくる出てくる。どれも桃子からみれば「がらくた」ばかりだ。

奇妙な木箱が見つかったのは、一番奥からだった。

「なんだろう。これ」

半紙ほどの大きさの、白木の文箱《ふばこ》だ。蓋《ふた》の上から高級そうな組紐《くみひも》で縛ってある。

下ろして蓋を開けてみた桃子は、驚いた。

「古文書？」

きちんと封紙に包まれた書状だ。くずし字で延々と文章が記してあるが、解読が難しい。大学の演習でくずし字の解読はやったが、ほとんど覚えていなかった。

「すごい。やっぱり旗本の家だけある。何が書いてあるんだろう」

にらめっこをしていた時だ。外から柳生の呼ぶ声が聞こえた。

おりていくと、柳生と無量がトレンチの中から顔を覗《のぞ》かせ、足元を指さしている。

「出ましたよ。穴蔵」

「穴蔵？ ほんとですか！」

昔の生活面は今の地面よりもだいぶ下にあったらしい。

土層から不自然な砂が出てきたので気がついたという。

「江戸の人は火事になると、穴蔵の蓋に大量の砂をかけて、さらに水をぶっかけて防火したっていうから、たぶん、その砂じゃないかと」

「中、入れるんですか」

「どうでしょう。ちょっともう入口が崩れてるっぽいんですね」

無量が這《は》いつくばってトレンチの底の土をしきりに削っている。

「江戸時代には穴大工とか穴蔵屋とか呼ばれてる専門の職人がいて、穴は掘方人足を使って掘るんすよ。だから、結構頑丈なんすけど」

無量が珍しく自分から説明した。ふだんは寡黙だが、一度、しゃべりだすと説明は流ちょうだ。

「この穴蔵、狭い竪坑《たてこう》になってるっぽいんすよね」

「珍しいんですか？」

「あ、いや。俺がよく見た江戸の穴蔵は開放型ってタイプで、地面に接する面が全部開口部になってて、上から大きな板並べて蓋《ふた》してるやつで……あー……つまり地面に湯船埋めて風呂《ふろ》フタした感じなんすけど、ここのはそれじゃないんすよね」

言葉を探して身振り手振り、一生懸命イメージを伝えようとする姿がほほえましい。

「竪坑の底から水平に地下空間がある感じだと思うんで、掘ると深そうなんすよ。試掘はこのへんにして、あとは本調査にまわしたほうが」

「いえ、すぐ掘ってください！」

桃子が迷わずに頼み込んだ。

「その穴蔵を調べてほしいです。もう少し掘ってみてくれませんか」

無量は柳生と顔を見合わせた。試掘期間は通常一日か二日だ。今回は土地主の意向があるので、少々特別だが、穴蔵に時間をかけるとなると、予定していた他のトレンチを入れられなくなるが。

「……まあ、地権者さんの意向なので」

わかりました、と言い、柳生は穴蔵を重点的に調べることを約束した。

さらに掘り進めてみたところ、二段ほど土の階段が出てきた。おそらくこれが地下空間まで繋《つな》がっている。続きは翌日に持ち越しとなった。

「やっぱ、なんか企《たくら》んでそうなんすよね……」

帰りに立ち寄ったとんかつ屋で、無量は桃子の様子をしきりに怪しがった。柳生はロースカツと千切りキャベツにこれでもかとソースをかけながら、

「なんだ。まだなんか疑ってんのか？」

「あの奥さん、穴蔵が出たって聞いてやたらと前のめりだったじゃないすか。たかが地下式土坑が出たくらいで、あんなに鼻息荒くなります？」

「うーん……。まあ、穴蔵からはよくいろんなものが出てくるし、金銀を隠した話も聞くから、そういうのを期待してるとか」

無量が苦々しい顔になったのは、パセリをかじったせいではなかった。

「大判小判狙いっすか」

「あれだ。俺たちを掘方人足にさせる気だったりしてな」

まあ、やってることは現代版掘方人足そのものだが、と柳生も肩をすくめた。

「……さっきのおまえの説明。なかなかよくできてたが、江戸の穴蔵で湯船タイプが出てくるのは、低地のほうだ。階段つきの穴蔵は、台地にある下級旗本の屋敷なんかでよく出るタイプだな」

「そうなんすか？」

「おまえ、都心は低地の発掘が多かったもんな」

低地は地下水が出やすい。だから穴蔵も土壁や床を舟板で覆った。

台地は水が少ないから、舟板で囲わなくても問題なかったのだろう。

「たぶん天井のローム（関東《かんとう》ローム層）を残して、素掘りして地下ムロにしてるやつだ。まだいくつか出てくるだろう。ほとんどはゴミ捨て穴だろうが」

「そういや、前に破傷風注射、打たされましたよね」

水が多く土の湿った低地の現場では、怪我をすると破傷風に冒される危険がある。柳生も若い頃、埋まっていた釘《くぎ》を踏んで破傷風になりかけた。そんなこともあるので、危険が予想される現場ではあらかじめ予防接種を受ける。

「土坑（穴）の立ち上がりは一番下の焼土層より低かった。一番下の焼土ってあれっすよね。明暦《めいれき》の大火ですよね」

江戸年間で最も甚大な被害を出した大火のひとつだ。江戸城の天守閣もこの大火で焼けてしまい、二度と再建されなかった。城下の大名屋敷も軒並み焼けている。当時、将軍の補佐役だった保科正之《ほしなまさゆき》の采配《さいはい》で、江戸を火事に強い街とすべく大規模な改造が行われたという。

「ってことは明暦の大火より前に作られて、埋まった？　ちょっと珍しくないすか」

「確かに江戸で穴蔵がたくさん作られるようになったのは、明暦の大火以降と言われてるが、だいぶ初期に作られた穴蔵かもな。ただ――」

柳生は記憶を辿《たど》り、

「あの場所。市谷と四谷にかけて張り出した台地……あそこは確か」

「……やっぱ、階段の底が出るまで掘らせてもらってもいいすか」

無量が身を乗り出した。

「佐々木一族の陰謀、ちょっと暴いてみたいんで」

「うん。いいよ」

さらっと許可する。

「深いところは二、三メートルくらいあるだろうけど」

「うっ。深」

だが無量にかかれば、穴蔵発掘はさほど難しい作業ではない。柳生は他のトレンチ作業を受け持つことにした。

一方で柳生にも何か引っかかることがあるらしい。

「なんすか。他にも遺構に疑問点が？」

「いや。遺構じゃない。……奥さんだ」

は？　と無量は顔を突き出した。柳生は大盛りのキャベツを大きな口に運びながら、ハムスターのように頬をふくらませて首を傾げた。

「こないだから思ってたんだが、どっかで会ったような気がするんだよなあ……」

「佐々木さんに、ですか？　どこで」

「それが思い出せない。他人の空似かもしれないが、あの丸っこい顔立ちと目鼻立ち、……なにより、あの笑い方に見覚えがあるんだよなあ」

高い声でコロコロと笑う。ただ最近ではない。若い頃か、ひょっとすると学生時代かもしれない、というと無量が意地悪そうな目つきになった。

「あー……。確かにぽっちゃりした丸顔で、十兵衛さんの好みど真ん中っすよね」

「おい、おまえ。なんかゲスいこと考えたんだろ」

「土地主の奥さんに横恋慕とか不倫とかは勘弁してくださいよ」

「するか、馬鹿。……あ、おかわりお願いしまーす」

柳生の前では無量も自然体だ。柳生の人柄によるところも大きいが、彼のもとでの発掘調査は気心が知れているので、やりやすい。気が置けないので、言いたいことを何でも言えるし、ツーカーで通じ合える気楽さもある。

「……。俺、十兵衛さんとこの社員になろっかな……」

柳生が驚いて目を丸くした。

「突然なに言い出す。よせよせ。社員になんかなったら、都内の発掘しかできないぞ。おまえにゃつまらんだろ」

「けど、一カ所に根ぇ下ろして知識深めるのも大事っすよね。いろんな調査員さん見てきたけど、みんな地元の遺跡のエキスパートなんすよね。当たり前だけど」

さっきも柳生は土に混じった砂を見ただけで穴蔵を察知した。そういう勘は地元の遺跡をよく知るからこそ養える。

掘るスキルがいくらあがっても、土台になる地方史や地方特性の知識がなければ、遺構が発するシグナルの半分も理解できないのではないか、と。

「あと、ここんとこ送り込まれる現場が波瀾《はらん》万丈すぎて……。平和に掘りたい」

そりゃ災難、と柳生は笑ったが、無量には切実だ。

「とはいえ、各地の遺跡が掘れるのは、派遣発掘師の特権だ。若いうちにいろんな現場をその手で掘れるのは最高の勉強だぞ」

企業や公的機関に所属してしまうと、地元の遺跡しか掘れなくなる。

東日本大震災で各地から応援にきた発掘員たちも、滅多にない経験だったと喜んでいた。地元を離れた遠方の遺跡を掘れる機会など、普通はそうそうない。勉強になったと口を揃えていた。

「結婚して家庭をもつとか、腰を落ち着けなきゃならん事情があるなら別だが。まだ当分いいんじゃないか。俺からしてみりゃうらやましいぞ」

「そういうもんすかね……」

「というか、最近おまえ日本ばかり掘ってるが、そろそろ海外にも行ってこいよ」

「……声はかけられてるんすけどね」

無量はロースカツにかじりついた。

「なんでいかない」

「ちょっと見えてきちゃったんすよ。俺がなんで恐竜掘らないで遺跡掘ってんのか」

なんでだ？　と問うと、無量は黙った。

脳裏には、実父の藤枝《ふじえだ》教授が浮かんでいる。

「……逃げたくないんすよ。たぶん」

柳生は察したのか、その鼻先にソースを差し出した。

「キャベツおかわりするか？」

*

桃子は学生時代に使っていたくずし字解読辞典を持ち込むことにした。白木の文箱《ふばこ》に入っていた書状を自力で解読してみようと思ったのだ。

佐々木家の片付けもそっちのけで解読にいそしむ姿は、庭からも見えた。

「桃子さん、お勉強っすかね……」

トレンチから顔だけ出して、無量が言った。

「やけに真剣だな。資格でもとるのかな」

うかつに声をかけられない雰囲気だ。桃子は辞典と首っ引きになっている。

「宛名は〝佐々木市之丞《いちのじょう》〟さん……でいいのかしら？　これがたぶんご先祖様の名前だわ。預ける、とか、受け取るとかあるから、借金の証文かな」

それにしては、金額が見当たらない。

書状の文字は断片的にしか読めないので、まるでパズルだ。くずし字は読み慣れないとなかなか判読ができない。「御座候」や「被仰付《おおせつけられ》」など、書面でよく見られる決まり文字のようなものはうっすら見覚えはあったが、なにせ、大学の演習で読まされたのは遥《はる》か二十年以上前だ。様式も何も、すっかり忘れている。

「差出人はえーと……〝大番頭《がしら》〟……ってことは上司？」

調べてみたところ、この四谷番町界隈《かいわい》は、旗本の中でも大番組と呼ばれる将軍直属部隊が居を構えたところだったらしい。先祖は徳川の騎馬軍団だったのだ。江戸幕府が開かれてからは、江戸城の警固などをしていたようだ。

「〝○○様より御預被申付《もうしつけられ》候〟……問題はこの○○様だよね。上は〝深〟〝探〟？ちがう、にんべん？ こんな漢字あったっけ？ 下は〝料〟かな？ 〝採料様〟？だれ！ はー、わからん」

桃子が居間で悪戦苦闘している間、無量はといえば、着々と掘り進み、五段目の階段まで出すことができた。そこでついに、地下空間らしきものに行き当たった。思った通り、素掘りの地下空間が見つかった。柳生も駆けつけた。

「ここの掘方人足はいい仕事してるな。天井も崩れてなさそうだ。流入した土さえ出せば、ムロは無事かもしれんぞ。やれるか」

「アイサー」

「ここからはふたり作業に戻す。天井部の崩落に気をつけろよ」

発掘作業で最も危険なのは崩れた土砂で生き埋めになることだ。数ヶ月前に別の業者の現場で生き埋め事故が起きたばかりだった。

解読に夢中だった桃子も、ふたりの姿が見えないことにようやく気がついた。

「あら？　……柳生さんたち、どこに行っちゃった？」

庭に出た桃子は、トレンチのずいぶん深いところで作業しているふたりを見つけた。

「大丈夫ですか。柳生さん、西原さん」

「はい。落ちると危ないので、近づかないでください」

自分が「掘ってくれ」と頼んだせいで大がかりなことになってしまっている。

発掘というのはまごうことなき土木作業だ。

きっと江戸時代の掘方人足もこうして土を掘ったのだろう。そう思うとふたりの姿が江戸の職人と重なってくる。

「遺物出ましたー」

穴の底から無量が声をあげた。地下空間に流れ込んでいた土の中から、穴蔵にあったとおぼしき遺物が出始めたようだ。桃子は思わず覗《のぞ》き込んだ。

「出たんですか！　なにが出たんです！」

「あー……。お皿ですかね」

桃子の頭には、あの書状の受取人――佐々木家の先祖「市之丞」が、ふだん使わなくなった皿を地下室にしまいにくる映像が見えた。

「割れてるけど、九谷焼《くたにやき》かもしれないすね」

「九谷っぽいな。当時の庶民にはなかなか手が出ない高級品だぞ」

今度は、何かで手に入れた大切な九谷焼をしまいにくる「佐々木市之丞」の姿が見えた。……うちも高級な食器はキッチンの食器棚でなく、居間の飾り棚にしまうから、そんな感じ？　桃子はくずし字は苦手だが、想像力だけは旺盛《おうせい》だ。

「他には。他には何か」

「大体、陶磁器ですね。あとは本調査にまわしたほうが」

九谷焼を保管していたくらいだから、黄金の茶器もきっとこの奥にしまっていたにちがいない。桃子は直感した。

「もう少し！　もう少しだけ掘ってもらえますか！」

無量と柳生はまたしても顔を見合わせた。

「あのー……。この間からやけに前のめりですけど、なにか遺物にあてでもあるんですか？」

桃子は、どきっとした。

「あ、いや、その……小判でも出てくるんじゃないかなー……って」

「小判なんて、ご先祖が使っちゃってますよ。とっくに」

「でも、穴蔵って古い防火金庫みたいなものなんですよね？　九谷焼をしまうくらいなら、まだ他にも何かあるんじゃ」

無量は疑《うたぐ》り深い目を向けている。下心を見抜かれているようで、桃子は慌てて取り繕った。割って入ったのは柳生だ。

「続きを掘るとしても本調査に入ってからですね。ここだけが遺構じゃなさそうですし、他にも穴蔵が出るかもしれないので、ここの作業は一旦《いったん》止めます」

「穴蔵、まだあるかもしれないんですか？」

「このくらいの規模の屋敷では大体、複数出てきますね。攪乱《かくらん》で出てきた陶磁器も、使わなくなった穴蔵をゴミ穴に転用したものかと」

そもそも遺構の有無を確認するためだけの試掘だ。

先にあがった柳生は無量にもあがってくるよう指示したが、無量はまだ未練があるようだ。

「なんだ。気になるのか」

「十兵衛さん、今日だけでいいんで、続き掘らせてくれませんかね」

無量は穴の奥をじっと見ている。十兵衛は実家のネコがよくこういう目をしているのを思い出した。獲物の匂いを嗅《か》ぎ取った時の目だ。土の中に何か気配を感じているのだろう。こうなるとほとんど動物的本能だ。

「右手か？」

「いえ……。土の色が気になる」

無量が持っているのは《鬼の手》《オーガ・ハンド》だけではない。わずかな土色の違いを見分ける目を持っている。幼少期から化石発掘で鍛えた目だ。そう言われたら柳生も無視はできなかった。

「しょうがないな。今日いっぱいで片をつけろよ」

だが、この後、柳生はまたしても無量の発掘勘の正確さを思い知ることになる。

作業を続けて二時間が経過した頃、無量がなんだか強《こわ》ばった顔つきで柳生を呼んだ。

どうした？　と問うと、やっちゃいました、と答える。

「出しちゃいましたよ。やばいやつ」

「なんだと」

柳生が覗き込むと、穴蔵の底の土から白い棒状のものが覗いている。

一目見て、それがなにか、気づいてしまったのだ。

「人間の……骨だ」

＊

報《しら》せを聞いた桃子が血相をかえて駆けつけた。

大きさから見て人間の大腿骨《だいたいこつ》に間違いない。

穴蔵から、ひとの骨が見つかってしまったのだ。

「警察！　警察呼んだほうがいいんでしょうか！」

桃子はうろたえて、おろおろしている。

「うちの誰かが遺体を埋めたってことですよね？　殺人事件？　いったい誰が誰の！　まさかお義父《とう》さんが……！」

落ち着いてください、と柳生が桃子をなだめた。

「掘り返した跡はなかったので、最近のものではありません。埋まったとしても江戸時代ですね」

「江戸……。江戸時代の殺人事件ってことですか？　誰かが殺して穴蔵に隠した？」

「殺したかどうかまでは。いろんな可能性があるのでまだどうだとも言えないんですけど、とりあえず他にも骨があるかどうか、調べてみます」

東照大権現様の「黄金の茶器」探しは、厄介な方向に向かい始めていた。

帰宅した桃子が、夫の耕太に知らせると、激しくうろたえた。

「そりゃまずいよ。警察沙《ざ》汰《た》になっちゃうだろ！」

白骨死体発見と聞いて、桃子同様、身内の殺人事件を疑ったのだ。

そばでゲームをしながら聞いていた息子たちは逆に興奮して身を乗り出してきた。

「なになに？　死体？　死体出たの？　すげーやべー！　ネットニュース載っちゃう」

「マジ死体？　写真とった？　写真！　ツイッターにあげてバズらせようぜ！」

息子たちは大はしゃぎだ。骨を掘り当てても冷静だった発掘現場の若き職人と比べ、なんと子供っぽいことだろう。ジャガイモを洗っていた桃子は釘《くぎ》を刺した。

「不謹慎なこと言うのはやめて。ご先祖様かもしれないんだから」

「最近の死体じゃないのか？」

「当たり前でしょ」

「誰かが土に埋めたのかもしれないぞ」

桃子は「あのね」としかつめらしい顔になって蛇口をしめた。

「土というのは層になってて、最近誰かが掘り返したりすると、その場所だけきれいに痕跡《こんせき》が残るの。土に絶対痕跡が残るから、それが証拠になるの。穴蔵に流れ込んだ土には掘り返された跡はなかったから最近の死体じゃないことはまちがいないのよ」

全部柳生からの受け売りだ。だが、息子たちは感心してくれるどころか、

「なーんだ。つまんないの」

「こら。それが不謹慎だって言ってるの」

「だが、穴蔵に死体があるのはやっぱり変だろ。江戸時代の殺人事件か？ まさかご先祖様が殺したというんじゃないだろうな」

死体の埋まっていた敷地で育った耕太からすれば、やはり気持ちのいいものではない。

「そこはなんとも言えないんじゃない？ 骨壺《こつつぼ》を保管してたのかもしれないし」

「でも江戸時代は土葬だろ？ でかい桶《おけ》みたいなのに、こう膝《ひざ》を畳んで埋葬したって」

耕太は体育座りをしてみせた。土葬だからそもそも骨を保管する必要もなかったはずだ。

「やっぱり殺人事件か」

「わからないわよ。急性心不全とかでいきなり亡くなって誰にも見つからなかっただけかもしれない」

なんにしても不気味だな、と耕太は言った。

黄金の茶器どころか、出てきたのが白骨死体とは。

「やっぱりあの土地は売れってことなのか……」

耕太は不吉だと言って怯《おび》えている。だが桃子のほうは俄《が》然《ぜん》、やる気が湧いてきた。あの人骨が誰のものなのか、知りたくなったのだ。もしかして、あの書状とも何か関係があるのではないか。天袋の奥に隠すようにしまわれていたのも怪しい。

これも何かの縁ではないか。

穴蔵の骨がだれなのか、調べるしかない。

＊

人骨出土は桃子の好奇心に火をつけた。

パソコンとくずし字解読辞典を居間に広げて、遅くまで解読に熱中した。休日になると夫や子供たちには作り置きのおかずを勝手にチンして食べよ、と命じ、図書館に通った。こんなに熱心に調べ物をするのは学生の時、以来だ。

この感覚が懐かしい。

思えば、この二十年。三人の子供の子育てに追われ、ここ数年は毎年のように誰かしらの受験があったから、パートとの両立で一日一日がすっ飛ぶように過ぎていった。趣味らしきものといえばネット配信の海外ドラマを見るくらいだ。夫の耕太は小うるさいほうで、桃子が自分を置いて外に遊びにいくとすぐ不機嫌になるし、子供たちより手がかかる。老後が思いやられるから早く趣味でももって自立してくれ、と願うのだが、無趣味という点なら桃子も人のことは言えない。

家族のために前のめりで自転車を漕《こ》ぎ続けたような二十年。そんな桃子の目の前にふってわいた「謎の古文書と白骨死体」はただそれだけで「大事件」だった。

実際、白骨死体は事件になりかねない案件のはずだが、発掘屋の凸凹コンビは「人骨が出るのはいつものこと」とケロリとしているので騒ぐほうが変なのだと思えてきた。

「骨ならいいですよ。骨なら」

無量はむしろ「骨でよかった」と言わんばかりだ。

「死体できついのは屍《し》蠟《ろう》っす」

「シロウ……ってなに？」

休憩時間に縁側で茶飲みがてら話していると無量は思い出すのもつらいとばかりに、

「腐敗しないで蠟みたいになった永久死体のことっす。江戸時代に墓地だったとこなんかで出るんすけど」

棺桶《かんおけ》に入ったまま腐敗はしないでドロドロの石鹸《せっけん》か蠟のようになっている。発掘屋が一番出したくない遺物ナンバーワンだと言う。髪の毛や皮膚などもそのまま残っていて、学術的には得るものも多いが、正直、お目にかかりたくない代物だ。

「むしろ骨やミイラで出てもらえるとありがたいっすね。全然ありがたいっす」

土の中に埋もれているのはロマンだけではなさそうだ。

「江戸の低地は湿地だったりするんで結構あってですね……。古地図みて寺のそばだとわかるとドキドキもんっすよ」

「発掘って大変なのね……」

無量は蒸《ふ》かし芋をかじって「まあ、慣れますけど」と言った。

「人骨を掘るのって、こわくない？」

「こわいとかはもう思わないすね。発掘で出るものに関しては遺物の範疇《はんちゅう》って感覚になってるんで。もちろん、御遺骸《ごいがい》に敬意は払いますけど、こわいとは思わないです」

ただあまりに新しい人骨は事件性が疑われる場合もあるので、取り扱いに慎重になるのだという。

「けど昔のひとの骨だったら、むしろ、よくぞ残っていてくださいましたって思うかも。関東ローム層はカルシウムを溶かしやすくて人骨も残りにくいんです。ここはたまたま地下水の加減で残ってましたけど。そうでなくても、人骨はすごく強烈なメッセージですから」

一度打ち解けるとするすると言葉が出てくる。

無量は最後の一口を緑茶で流し込んで「ごっそさんです」と頭を下げ、いざまた穴蔵へと向かっていく。いれちがいに柳生が戻ってきた。

「いつもすみません。お茶や菓子まで用意してもらって」

桃子もここ数日はお茶うけを考えるのが楽しくなっていた。

「いえいえ。サツマイモ、実家からたくさん送ってくるので」

「うん。この蒸かし芋、絶品ですね。子供の頃を思い出す味です」

ほくほくとした蒸かし芋に舌鼓を打った。

「それにしても、西原さん、よく働きますね。若いのにしっかりしてるし、うちの子たちにも見習わせたいもんだわ」

「現場なんでスイッチが入ってるだけですよ。普段はものぐさを絵に描いたようなやつです。家の食事も同居人にまかせきりで」

「あら。彼女と住んでるの?」

「いえいえ。兄貴分みたいな幼なじみがいてですね。弟気分で甘えまくってんですよ」

同居できるほど仲の良い幼なじみがいる、とはほほえましい。初めは寡黙な職人風だったから(童顔でも)大人びてみえたが、実は単なる人見知りの甘えんぼさんなのだろうか、と桃子はにやにやした。

「ああみえて海外遺跡で場数踏んでるんで経験値だけは年齢以上なんです。複雑な家庭育ちなんで、いまやっと兄弟みたいな親友と気兼ねなく暮らせるのが楽しいみたいですね」

「……少しちがったかも」

　桃子の呟《つぶや》きに、柳生は「何が？」と訊《き》き返した。

「うちの子たちに見習わせたいんじゃなくて、若い頃の自分に見習わせたかったかも。西原くんのような子を見てると、私はずいぶん学生時代を漫然と過ごしてしまったなあって。史学科に行ったのも歴史がちょっぴり人より得意だったからで、そこまで目的意識があったわけでもないし」

　自分が何をしたいか、突き詰めて考えたわけでもなく、ただ目の前にある流れにのって今日まで至るような気がする。もちろん、子育ても仕事も無我夢中で取り組んではきたのだけど。

「なんとなく、みんなが行くから大学にいって就職して、時期がきたから結婚して出産して、あとはもう目の前のことを次々こなすので精一杯だった。思えば私、自分の人生で、自分で行き先を決めて舟を漕いだことなんてあったのかな……」

　桃子は遠い目をして無量を眺めている。

　すると柳生は意外にも明るく笑い飛ばした。

「なに言ってるんです。大学も就職も結婚も全部ちゃんと自分で選択したからできたんじゃないですか」

「そうなんだけど、ちょっとちがう。私の場合あんまり深く考えないで歩いてるうちに分かれ道が来たから選んだだけ。行き先を自分で決めてたのとはちがう気がする」

「そんなの、全然これからですよ」

　柳生が蒸かし芋をかじった。

「行き先は今からだっていくらでも決められますし、いくらでも漕げますよ。自分がオールを握ってることさえ忘れなければ」

　まあ体力は減るかもだけど、と柳生は茶をすすった。すると、桃子が目を丸くして柳生を見ている。柳生は驚き、

「え？　俺なんか変なこと言いました？」

「あ、いえ。すごく響く言葉です」

　柳生は「そういえば」と身を乗り出し、

「古文書が見つかったそうですが、どうですか。読み解けました？」

「それがやっぱり私では力不足みたいで……。はは。ちゃんと勉強しとけばよかった」

「もしよかったら見せてもらえませんか？　私も昔、大学の演習で多少はかじったので、もしかしたらお役に立てるかも」

　桃子は居間に戻り、天袋の書状を見せた。柳生が額をつき合わせて覗《のぞ》き込む。

「佐々木の先祖が所属していた大番組の上司から何かの預かり物をした証文みたいなんですけど、お金なのか物なのか、いまいち、わからなくて」

〝此度《このたび》○○様より○○○御預被仰付《おおせつけられ》候、重ねて後証之為、証文差し上げ候〟

というところまではどうにか判読した。

しかし、この肝心の「○○様」と「○○○」の部分が読めないのだ。

「三文字のほうは〝奈良本〟とか？　……書物でも借りたとか」

「〝奈良業〟とも読めません？」

「三文字目が微妙だな。奈良漬じゃあないだろうし。ちなみに日付は――」

「たぶんなんですけど〝明暦三年〟と読めるような気がします」

くずし字だが「明」という字が比較的読みやすい。

「江戸時代の年号で〝明〟がつくのは、明暦と明和《めいわ》ですよね。下の字は〝和〟とは読めないので、間違いないかと」

柳生はすぐに気がついた。

「明暦の大火の年じゃないですか」

発掘屋としては「明暦の大火」は江戸時代の土層を見る際の代表的なエポックマーカーだから間違えるはずもない。大火があったのは明暦三年。江戸中が丸焼けになってしまったほどの大災害だ。十万人以上が焼死したともいわれている。

「大火で焼け出された本でも預かってたのかな……」

庭のほうから無量が呼ぶ声が聞こえた。また何か出たらしい。

駆けつけると、穴蔵にいる無量がのびあがるようにして地面に肘《ひじ》をついている。

「どうした、無量。別の骨でも出たか？」

「いえ。今度は右手の先が出てきたんすけど……」

無量は困惑した顔で穴蔵の中を見下ろした。

「なんか、変なもの握ってたみたいなんすよ」

柳生もトレンチに入ってライトに照らされた場所を見た。

土の中から覗いているのは、腕の部分だ。右腕の尺骨と手首から上が半分ほど覗いている。そのそばに茶色い固まりが顔を覗かせている。掌《てのひら》に収まるほどのサイズで、すぼまった口に蓋《ふた》がしてある。

「最初出てきた時、あんまりきれいだったもんだから、虎目石か何かの宝石かと思いましたよ」

出土したての遺物は、まさにフレッシュそのもので生き生きとしているという。時間をおくごとにその新鮮さは失われてしまうものだが、その遺物は出たての瞬間、褐色の釉薬《うわぐすり》が輝いて見えたのだ。

「茶道具っすよね。お茶立てるときの。抹茶の粉入れとくやつだと思うんすけど」

「棗《なつめ》か？」

「いえ。陶器っすね。茶入《ちゃいれ》じゃないすかね」

無量は祖母が茶道をやっていたのでよく見た覚えがある。木製だと棗、陶器なら茶入と呼ばれる。

「右手のすぐそばから出てきたんすよ。握ってたのがこぼれたんじゃないすかね」

　柳生も崩落防止ユニットをくぐって出土地点を見に来た。そのようだ。手からこぼれ落ちたようにも見える。茶入は釉薬が焦げた飴色《あめいろ》をしていて、独特のつやめきがあり、角度によっては藍色《あいいろ》にも見える。とても美しい逸品だ。

「でも、なんで茶入なんか握ってたんだ？」

　さあ、と無量もしきりに首を傾げている。

　上にあがって桃子に報告すると、ますます不可思議そうに目を丸くしている。

「その方は、穴蔵の土砂崩れか何かで誤って埋もれてしまったんでしょうか？」

「なんとも。地下室が使われなくなってごみ穴に転用されたりすると上から土をかぶせたりしますけど、この場合は遺体遺棄の可能性もありますね」

　柳生も考えを巡らせた。

「もしくは中で亡くなっていたのは、たまたま穴蔵に入った時に心筋梗塞《こうそく》とかで倒れたか。それとも穴蔵の中で練炭か何かを使って一酸化炭素中毒で倒れたとか……」

「でもそれなら、いくらなんでも誰かが見つけるんじゃ」

「やっぱり遺棄したのかもしんないっすね」

　無量が言った。殺されたのか、病気かはわからないが、とにかく「死んだことがバレたらマズイ状況」というやつだ。

「今日まで見つからなかったのは、見つからなかったんじゃなくて見つけさせなかったってこと？　うちの先祖が？」

「確かに穴蔵なら埋めて閉じてしまえば遺体は葬ったも同じ。隠し続けることはできるが」

探偵さながら柳生が言った。無量は土層を指さし、

「この穴蔵は、一番下の焼土層……明暦の大火の層より下から出てきたんで、亡くなったのも明暦の大火より前っすね」

「茶入を握っていた理由は？」

「盗もうとして見つかって、あやまって家人に殺された泥棒とか、かしら？」

「だとしたら遺体の手にずっと茶入があったのは不自然じゃないすか。盗まれたものなら、普通取り返しておくでしょ」

「じゃあ、茶入と一緒にその人を消さないといけない陰謀があったとか……」

話はどんどんあらぬ方向に広がっていく。

だが、どれも想像に過ぎない。判明している事実はひとつ。穴蔵の中に遺体があったこと。そのそばから茶入が出てきたこと。

「茶入……か」

――徳川家康から頂戴《ちょうだい》した黄金の茶器が……。

桃子はふと気づいた。……待てよ。茶器というから、お茶を飲む時に使う抹茶茶碗《ちゃわん》のことだと思っていたが。

「あの、茶器ってお茶碗のことですよね」

「あー……。どうですかね。点茶の時には全般を指すかもしれませんが、狭い意味での茶器は、抹茶入。棗や茶入のことを指しますよ」

まさか、と桃子は思った。黄金ではないが、茶器だ。穴蔵から出てきた茶器。

家康から拝領した茶器っていうのは……。

これのことなのか？

＊

穴蔵にブルーシートをかけて、今日の発掘作業は終わった。

桃子は今すぐにでも遺物を取り上げて欲しかったが、記録をとる作業があるので明日以降と言われてしまった。だが、あれが「家康拝領の茶器」だとしたら、あのまま置いておくのは心配でたまらない。迷った末に桃子は自宅には帰らず、ここに泊まることにした。

幸い水道もガスも電気もまだ使えるようにしてあるし、客布団もある。家族で泊まり慣れた勝手知ったる家だ。

だが一睡もできない。

番人のつもりで泊まり込んだのはいいが、小さな物音にも反応してしまい、まったく落ち着かないし気が気でない。宝くじに当たったひとの気持ちもこういうものだろうか。

　桃子は開き直って、自宅では滅多にできないことをしてみようと思った。深夜番組を見ながら買っておいたチョコと一緒に義父がセラーに残した赤ワインを頂戴した。

　子供が生まれる前は、夫の帰りが遅いとよくこうして過ごしたものだ。家族の送り迎えや夕飯や明日の弁当のことを考えなくてもいい時間。何年ぶりだろう。

　――行き先は今からでもいくらだって……。

　これからの私の行き先、か……。

　子供たちは数年のうちに独立する。子供に手がかからなくなる分、両親の介護がやってくるだろうから「ここからは自由な時間」などとはゆめゆめ思わないけれど、人生半分過ぎて……、残り半分、私はどうやって過ごそう。

　元来ものぐさだから、人生に波風は立たせたくない。穏やかな日々が一番だ。このまま今まで通り、物事の流れるままに身を任せるのも悪くはない。子供たちの人生が実っていくのを見守って、手近な趣味や楽しみを満喫するのもいい。むしろ、そうしたい。

　そう思っていたのだが……。

　ここ数日の、この興奮はなんだろう。

　外の穴蔵で眠る「骨のひと」を思った。

　私たち家族が帰省してお正月をにぎやかに過ごしていた時も「骨のひと」はあの場所で眠っていたんだ。義祖父母家族のお正月も。そのもっと前のお正月も。誰にも気づかれることなく、ひっそりと。

誰かに見つけてほしかったのだろうか。「彼（彼女）」を捜していたひともいたかもしれない。もしかして、私たちに見つけてもらって、ほっとしてる？

あの茶入。

黄金ではないが、人ひとりが息絶えたくらいだ。きっと何かがあるのだろう。ただの茶器ではないはずだ。

あれが佐々木家の家宝？

人骨が家の者だとは考えにくい。もしそうだとすると、故意に死を隠したとしか思えない。あの茶器もだが、死が発覚してはいけない事情でもあったのか。

謎は深まるばかりだ。

佐々木家の先祖は何かを隠しているのだろうか。ふとあの書状が気になった。

柳生たちによれば、穴蔵は防火金庫がわりにもなったというから、家宝も穴蔵で保管していたかもしれない。

「あの『骨のひと』は明暦の大火で穴蔵に避難したとか？」

戦時中に防空壕《ぼうくうごう》がわりにしたひともいたらしい、と柳生も言っていた。

江戸時代にも実際、火事になって穴蔵に避難したひとがいたようだ。が、そのまま全員蒸し焼きにされて死んでしまった、というから痛ましい。

あの人骨も、同様に蒸し焼きになってしまった？

はたまた茶器をもって逃げようとして逃げ切れなかったのか。

家が焼失した際に穴蔵も使われなくなることはあったかもしれない。それで見つからなかった、とか？

「あれ？　でも穴蔵は明暦の大火より前にふさがってたんだっけ」

桃子の推理は成立しない。がっかりして、庭のほうを見る。

穴蔵を覆ったブルーシートは、小雨に濡《ぬ》れそぼっている。

「君が見つかったのも何かのご縁よね」

桃子はほろ酔いの頬を両手で叩《たた》き、ワインを片付けてくずし字解読辞典を広げる。

明け方まで古文書解読に没頭した。

*

明くる日、佐々木家の現場に訪問者があった。

無量が所属している派遣事務所の所員だという好青年は、相良忍《さがらしのぶ》と名乗った。

「えっ。噂の幼なじみさん？」

無量は「そうっす」と答えた。職人っぽさが溢《あふ》れる無量とは正反対の、品行方正な感じの若者だ。すらりと背が高く、いかにも賢そうな色素薄めの端整な顔立ちはお公家《くげ》さんのようだと桃子は思った。仕事で近くまできたついでに現場を覗《のぞ》きにきたという。

「旗本のご子孫のお宅と伺いました。穴蔵から人骨が出て、さぞ驚いたのでは」

「はい。もうびっくり」

朗らかな若者だ。自然にこぼれでる笑顔がさわやかで、あまり笑わない無量とはこれまた真逆だ。これが例の幼なじみか。桃子はちょっと納得した。これはなつくわ、と。

「来いよ、忍。穴蔵見せてやるから」

無量がヘルメットを投げた。忍は腰を曲げてトレンチに足を踏み入れ、出土した状態のままになっている人骨と茶器を確認した。

「へえ。肩衝《かたつき》の茶入か……」

カタツキ？　と無量が訊《き》き返すと、忍は「ああ」と頷《うなず》いた。

「口がすぼまっていて肩のところが角張ってる茶入のことだ。龍禅寺《りゅうぜんじ》の笙子《しょうこ》様が茶器のコレクターでね。俺も勉強させられた」

龍禅寺とは忍が少年時代を過ごした岐阜の名家だ。井奈波《いなば》グループの創業者一族で、都内に龍禅寺コレクションを展示する美術館も持っている。笙子はそこで名誉館長をしており、忍は今もたまに手伝いをさせられている。

「珍しいもの？」

「肩衝自体はよく見るものだけど、これは名品だな。飴《あめ》を焦がしたような独特の釉薬《うわぐすり》がなんとも言えない景色を作ってる。なにか特別な銘をもってそうな」

まるで鑑定士のような口調だ。

「しかも人骨が握っていたような位置から出てきた、か……。これは何を意味しているんだろう」

忍は探偵よろしく顎《あご》に手をかけた。そういえば、と無量は桃子を振り返り、

「おうちに古文書があるんすよね。忍に見てもらったら？」

「えっ。読めるんですか」

「多少。書も習わされたので簡単なくずし字程度なら」

願ってもない助け船だ。桃子は忍を居間に通し、問題の証文を見てもらうことにした。

「ここです。〝〇〇様から御預〟かったものの名前。〝奈良本〟か〝奈良業〟かなって最初思ってたんですけど」

桃子は昨夜、とうとうこの文字を解読していた。

「この字……〝柴《しば》〟じゃないでしょうか？　〝奈良《なら》柴《しば》〟と読めるような」

「なら……しば……」

忍はしばらく証文の三文字を凝視していたが、突然、顔色を変えた。

「〝ならしば〟？　まさかあの茶器が？」

「茶器？　骨の人がもっていた茶入のこと？」

忍は「そんなばかな」と口走り、庭を振り返った。

「肩衝《かたつき》の茶入……。あの茶器が〝楢柴《ならしば》〟だというのでは」

「ならしばって……知ってるんですか？　なんなんですか、それ！」

忍は、神妙な面持ちになって答えた。

「天下三肩衝のひとつです。楢柴肩衝茶入」

桃子は首を傾げた。

「天下……三……肩衝？」

「唐物《からもの》茶入の大名物です。あまたある茶器の中でも三本の指に入るという」

桃子は息を吞《の》んでしまい、思わず庭のほうを振り返った。

「千利休《せんのりきゅう》の高弟・山上宗二《やまのうえそうじ》が『天下一品の茶入』と絶賛したと言います。最初の所有者は足利義政《あしかがよしまさ》。室町《むろまち》幕府の八代将軍で銀閣寺《ぎんかくじ》を建てたひとです。その後、名だたる茶匠が所有して、かの織田信長《おだのぶなが》や大友宗麟《おおともそうりん》も欲しがったという」

当時の所有者だった博多《はかた》の豪商・島井宗室《しまいそうしつ》から秋月種実《あきづきたねざね》が半ば脅し同然で手に入れた。その秋月氏が豊臣秀吉の九州征伐で敗れた時、秀吉に献上され、秀吉の死とともに徳川家康に所有権が移った。

「その価値は三千貫。現代に換算すると、数億円にも達するといいます」

「す……数億！」

掌《てのひら》に収まるほどの陶器が、数億円もするのか！

「あれがその楢柴だとしたら、大変なことだ……」

さすがの忍も青くなっている。桃子に至っては茫然《ぼうぜん》自失だ。

「でも……その楢柴《ならしば》は将軍家のものですよね。なんでこんな一旗本の家なんかに」

「確か、楢柴は行方不明になってるんです」

「行方、不明……？」

「はい。明暦の大火で江戸城が焼けた時、楢柴も割れてしまい、修復はされたようなのですが、その後、行方がわからなくなっているんです。確か」

ふたりは、無量たちがいままさに作業中の現場をぼう然とみた。

天下の茶器が行方不明だったのは、ここに埋まっていたからだというのか。

「本物なら、大発見だ……」

「こ……この証文には〝探料様〟から預かったとあります。日付は明暦三年です。もしかしたら、そのことを言ってるのかも。〝探料様〟というのは幕府の役職か何かでしょうか」

忍は桃子が指さした文字を改めて見た。再び、絶句した。

「佐々木さん……。ここに書いてある名は〝探料様〟ではありません」

「では、なんという？」

「〝保科《ほしな》〟です」

顔を強《こわ》ばらせて、忍は言った。

「〝保科様〟と書いてあります。〝保科正之〟のことでは」

「ほ……保科正之！」

桃子は腐っても史学科出身だ。所属は中世ゼミでも、どんな人物かくらいはわかる。

徳川家康の孫で、三代将軍・家光《いえみつ》の異母弟だ。

将軍のご落胤《らくいん》として生まれ、養子に出されて高遠《たかとお》藩主となったが、後に、山形藩主・会津《あいづ》藩主を経て幕閣となった。年若き四代将軍・家綱《いえつな》を補佐して、幕政を取り仕切り、戦なき時代の土台作りのために様々な改革を実行した、名君の誉れ高い人物だ。

というくらいは桃子も知っている。

「保科正之って『有能』の代名詞みたいなひとですよね。そんな有名なひとから佐々木の先祖があれを預かったというんですか！」

「保科正之といえば、明暦の大火です。大火の混乱の時に、正之から直々に預かったというなら、ますます本物の楢柴《ならしば》である可能性が高くなる」

明暦の大火では江戸城の天守閣も焼失している。

だが正之は町の復興を優先し、大江戸改造に力を入れて、江戸城天守閣の再建を後回しにした結果、とうとう再建することはなかったという。

「言い伝えでは、楢柴が江戸城から持ち出された時に破損して修復を任されたとあります。だとすれば、穴蔵から出てきた茶入にも修復の跡があるはず」

忍は意を決した。確かめるしかない。

「無量に取り上げてもらいましょう」

うなずいた桃子も震えていた。

「お願いします！」

＊

保科《ほしな》正之などというビッグネームが飛び出してきて、桃子は興奮していた。

歴史番組で見たこともある。正之は、徳川一門の姓である「松平《まつだいら》」を名乗れ、と勧められたが、養父母の家である「保科」に配慮して、とうとう改名はしなかった、という「ちょっといい話」に、桃子は好感を抱いたものだ。

一方で、明暦の大火には、保科正之陰謀論、なんてものもある。正之が江戸改造のためにわざと火事を起こさせたのではないか、などというやつだ。

「まさか、江戸を焼く時に楢柴《ならしば》を守るため、うちの先祖に密命を与えて避難させていたとか」

桃子の説に、昼休み中の無量たちは「まじか」という顔をした。

「いくらなんでもトンデモでしょ。つか、大改造のためにわざわざ江戸城焼きます？」

「保科正之放火説はともかく、楢柴がここに埋まっているのをご先祖はわかっていたんだとしたら、佐々木家がここから動かなかった理由になるのでは」

と忍も縁側で茶を飲みながら言った。

「明治維新で、徳川と一緒に静岡に移らなかった理由のこと……？」

「ここに留《とど》まったきっかけは、地中にある楢柴を守るためだったとか」

佐々木家には「黄金の茶器」と伝わっていた家宝があった。その正体は実は「楢柴」だったのかもしれない。

ここにあることを世間から隠さなければならない理由があった？

「あの人骨のひと、亡くなった時に楢柴を持ってたんだとしたら、亡くなった理由もやはり楢柴にあったのかも」

桃子はぞくぞくしてきた。こんなミステリーが夫の実家の庭に眠っていたとは。

「その理由が知りたいですね。あのひとが誰だったのかも」

「はい……。でも難しいな」

記録らしい記録はあの証文だけだ。解明したいのは山々だが、証拠が足りない。

「あのー……。忍ちゃん、桃子さん。盛り上がってるところ水差すようで悪いんだけど」

と無量が呆《あき》れ気味に言った。

「そもそも、あの穴蔵、明暦の大火以前にふさがってたんすけど」

あ、と桃子は口を押さえた。忍は驚いて「そうだったのか？」と目を剝《む》いた。

大火以前にふさがっていた穴蔵に、楢柴があるはずもない。

そうだった、と桃子は肩を落とした。

束の間の夢だったか、と。

「天下の楢柴肩衝《かたつき》ではない、ということか。……そうだよな。いくらなんでも、あんなところにあるはずがないか」

とはいえ、証文があったということは楢柴《ならしば》の修復に関わったのかもしれない。一時的にでも佐々木の先祖が預かったという点は大発見だが。

「とりあえず、十兵衛さんの許可がおりたんで、茶器は取り上げるっす。人骨のほうは、このまま進めるか、一旦、劣化防止をほどこして本調査待ちですかね」

そう言って無量は午後の作業に戻っていった。

だが、桃子には火が付いた。そんな貴重な証文が残されている家だったことに興奮していた。

「もしかしたら、まだ家の中に古文書が保管されてるかもしれません。仏間の天袋がまだ手つかずなんです。探してみようかと」

「なら僕も手伝いましょう」

忍が腕まくりをして申し出た。ふたりがかりなら作業もはかどるし、くずし字が読める忍は頼りになる。さっそく仏間の捜索にとりかかった。

仏間の天袋には茶器や茶道具がたくさん詰まっていた。

これらもやはり先祖からの伝来品なのだろうか。大小の桐箱がいくらでも出てくる。ひとつひとつ開けて確かめた。

「なかなかの逸品ばかりだな。佐々木家のご先祖は目が肥えてますね。ちょっとした茶器のコレクターですよ」

　忍も舌を巻いた。笙子が見たら目を輝かせそうだ。抹茶茶碗《ぢゃわん》から水差、茶杓《ちゃしゃく》、茶筅《ちゃせん》、茶器……。全てに箱書きがあり、大寺院の管長や茶道の家元の名が入っている。

「保科正之から楢柴を預けられた家だけあるな……。もしかしたら、茶道にも造詣《ぞうけい》が深かったのかもしれませんね」

　大番という役職は武官だ。本来は江戸城を護《まも》り、戦時には戦場に赴く。だが、泰平の世では別の務めを果たすようになっていたのかもしれない。

「昔は掛け軸もたくさんあったようなんですけど、祖父の代に売ってしまったと」

「そうですか。でも茶道具だけでも一財産になりますよ」

「本当ですか」

　夫は茶道具があることは知っていたが、そこまで価値のあるものだとは思っていなかったのだろう。骨董屋《こっとうや》で鑑定するどころか、スマホの手軽なフリマアプリに出そうとしていた。忍は「とんでもないことだ」と血相を変えた。

「鑑定士も通さないでフリマアプリなんかにうっかり出したら、二束三文で買い叩《たた》かれますよ。ちゃんと見てもらったほうがいいです」

　だが鑑定士なんてどこに相談していいのかわからない。

「なんなら、身内の美術館の担当鑑定士を紹介します」

「えっ。いいんですか。助かります」

茶道具をひととおり出し終えて、最後に見つかったのは掛け軸の箱だ。全部売ってしまったものだと思っていたので、驚いた。まるで天袋の最奥に隠すようにしてしまわれていた。箱書きにはこうある。

〝逸見《いつみ》仁《に》左衛門《ざえもん》　屋敷絵図〟

「屋敷絵図……？　また妙な軸だな」

山水画や書を軸にするのはよくあるが、屋敷絵図というのは珍しい。建築図面を掛け軸にするようなものだからだ。床の間に飾る書画とは明らかに異なる。

屋敷の間取り図だ。奥座敷、茶の間、式台、庭の植木まで記してある。

「でも、変ですね。苗字《みょうじ》が逸見になってます。佐々木じゃない。よそのおうちのもの？」

……それが、なぜ掛け軸になって佐々木家に保管されているのか。

庭から呼ぶ声がした。茶入の取り上げ作業が済んだようだ。

無量たちが持ってきた。緩衝材を敷き詰めた箱に入れられている。

出土した茶入を見た忍と桃子は、息を呑《の》んだ。

ますます美しい。素人でもそれとわかる一級品だ。

「……この深い飴色《あめいろ》、釉切《くすりぎ》れの具合……。おい、ちょっと待ってくれ」

忍はあからさまにうろたえている。スマホを操作して画面に出したのは、どこかの古文書だ。

茶入らしき絵が書かれ、そこには「奈良柴」と記されている。

どうやら楢柴の特徴を書き記した古文書で「萬寶《ばんぽう》全書」と「宗湛《そうたん》日記」とある。

「このかもめの翼みたいなV字のなだれ、肩にあるふたつの山状の釉《くすり》切れ……。これは、やっぱり楢柴《ならしば》じゃないか？」

忍の言葉に無量と柳生も顔を見合わせた。

あまりにも特徴がそっくりなのだ。

「でも、あの穴蔵は明暦の大火の前にはふさがって……」

「いや。……ここは焼けてない」

柳生の言葉に無量が「え？」と目を丸くした。

「どういうことすか。焼けてないって」

「すまん、無量。俺が失念してた。この界隈《かいわい》は明暦の大火では焼けてなかったんだよ」

この番町がある小高い台地の一番奥は、江戸城の外濠《そとぼり》の内側にあって唯一、焼けなかったエリアだったようだ。

「あの後、調べてみたんだが、どうやらこの一角はぎりぎり火をもらわないで済んだようなんだ。以前近くで発掘調査した時の報告書とも照合してみたんだが、あの焼土層は元禄の頃にあった火災によるものらしい」

「まじすか」

「明暦の大火の火元は三カ所あったと言われていて、最初に本郷《ほんごう》の丸山《まるやま》、小《こ》石川《いしかわ》、麴町《こうじまち》と立て続けに火の手があがったが、いずれも北西もしくは北北西の風に吹かれて広がったため、この一角だけ延焼を免れたんだ」

麹町五丁目の出火元は目と鼻の先だったにもかかわらず、だ。

麹町から南を焼き、小石川の火の手は飯田橋《いいだばし》や九段《くだん》を焼いて、江戸城にまで及んだ。

だが、この界隈はふたつの火元に近かったにもかかわらず、風上にあったため、焼けずに済んだようだ。

「あれだけ江戸中焼けまくったのに？　なんすか、そのミラクルは」

「だとすると、やっぱりこれは、本物……」

楢柴《ならしば》は江戸城が焼けた時に破損したという。割れてしまったものを掘りだして、漆でつないで修復したと伝わっている。

「だが、ここにある〝楢柴〟には修復の跡すらない。……どういうことだ」

たぶん、と無量が口を開いた。

「江戸城から持ち出されて、すぐにここに避難させたんじゃないのか？　あの証文は佐々木さんの先祖に『預けたからな、責任もって守れよ』っていう意味なんじゃ」

さすがの忍も二の句が継げなかった。

破損して修復した、ということ自体が、本当ではなかったということか。確かに口のあたりに多少の欠けは見られるが、割れることなく完形を残していたとは。

「これが、本物の〝楢柴〟……」

一同、興奮を通り越して、戦慄《せんりつ》してしまっている。

しかし、そのそばには何者かわからない遺体があった。

いったい、幻の茶入をめぐって、この地下で何が起きたのか。

＊

取り上げられた遺物は整理作業のため、亀石建設発掘事業部の作業場へと持ち込まれる。

洗浄作業の後、実測図作成からトレース図作成が待っている。成分分析などが入る場合はもっとかかる。すぐに手元に戻るわけではない。

もし本物の〝楢柴《ならしば》〟の可能性が高いとしたら、プレスリリースもすることになるだろう、と柳生は言った。もちろん本調査を終えた後になるから、まだ数ヶ月も先の話だが。

「遺物整理担当の遠山直美《とおやまなおみ》です」

作業場を訪れた桃子にそう挨拶《あいさつ》したのは、この道二十年のベテランだ。丸メガネにふんわりとしたショートボブが似合う。だが、実測図作成に関しては驚くべき緻密《ちみつ》さと正確さを誇るという。

「どうすか。直美さん。やっぱりこれ〝楢柴〟ですかね」

そうね、と直美は白手袋をはめた手で茶器をじっくりと観察した。

「確かによく似てるけど、写しということもあるわよ」

「写し？」

「有名な茶器に似せて復元したもののこと。有名な名物茶器は特徴もよく記録に残されてるから、それを参考に写しを作ることができるの。まあ、絵で言えば贋作《がんさく》なんだけど、茶道具とか刀剣なんかは、写しと承知で愉《たの》しむ、というのもあるわね」

　桃子はちょっと興奮に水を差されてしまった。そうか、そういうこともあるのか。

「でも、たとえ写しだとしても、すごい出来栄えね……。この釉薬《うわぐすり》の感じ、褐色なのに藍色《あいいろ》に見えるところなんて、まるで曜変天目《ようへんてんもく》みたいじゃない」

　アンティークコレクターでもある直美は、ほれぼれと観察している。

「あくまで私の見立てだけど、簡単には写しとも言えない完成度だと思う。これを手に入れるために信長が命を落としたのもわかる気がするわ……」

「えっ。どういうことですか、それ」

「本能寺《ほんのうじ》の変は、もともと信長が楢柴肩衝《かたつき》を手に入れるために本能寺で茶会を開いたのがきっかけだって言われてるの」

　直美の口からはすらすらとうんちくが出てくる。

「その茶会には当時の楢柴肩衝の所有者を呼んでるのね。信長はそうとう楢柴に執着していたみたい」

「楢柴に執着したせいで明智《あけち》光秀《みつひで》にやられたってことすか？」

それはまた因縁深い。

どこか蠱惑《こわく》的な輝きを放つ目の前の肩衝を見ていると、なんだかその魔力に引き込まれてしまうのもわかるような気がしてしまう。

「天下の大名物は、魔の大名物でもあったわけね」

「うわあ。ますますやベー……。佐々木さんはそんなやばい茶器の所有者になるってことすね」

無量に言われて、桃子もなんだか怖くなってきた。

あまりに大それたことなので、まだ夫にも報告できずにいたくらいだ。

「安心してください。この件はまだ限られた者しか知りませんし、貴重な遺物は亀石建設の保管庫で責任をもって預かります」

柳生に言われて、桃子は「おねがいします」と答えた。

「しかし、これでプレスリリースなんかしたら大騒ぎになるっすね。試掘でえらいもん出しちゃったな」

時価数億円が現実味を帯びてきた。

「本物なら重要文化財か、へたすると国宝指定されるかもしれないぞ」

「はー！　また大事《おおごと》になってきた」

無量は頭を抱えたが、隣にいる桃子が思ったほどには興奮していない。

不思議に思って問いかけてみると、

調査を待つことになる。なので、性別や年齢など、詳細がわかるのはまだ先のことだ。

「あ……いえ。私、茶入よりもやっぱりあの人骨が気になってしまって」

人骨の取り上げは時間がかかるので、一度、劣化防止をほどこした上で埋め戻し、本
「……たぶんですけど、女性だと思います」

と無量が言った。迷いのない口調だった。

「まだ頭部を掘り出しきれてないんですけど、骨盤の形からすると、おそらく」

「女性……っ。女性なんですか！」

意外だった。

保科正之から『奈良柴』を預かったのは佐々木の先祖だし、先祖は幕府の武官だった。

だから、関わった者がいたとしたら、それは男性だと思い込んでいた。

「女の……ひと……」

同じ女性だとわかったら、ますます気になる。

彼女の身に何が起こったのか。

どうやったらわかるだろう。何を調べたらわかるだろう。そんなこともわからない自分が桃子はもどかしい。

「私、調べてみます。まだ何か古文書が残ってるかもしれない。やってみます」

＊

桃子が気になったのは、あの掛け軸だった。

逸見仁左衛門という人物の屋敷絵図。

なぜ他人の家の屋敷絵図などが、わざわざ佐々木家に残されていたのか。

桃子に協力を申し出たのは、相良忍だった。

元来、調べ物をするのが好きで、多少、探偵癖がある忍はこの謎にも大いに興味をもった。休日にもかかわらず、桃子といっしょに「逸見仁左衛門」とは何者なのかを調べることに相成った。

ふたりがやってきたのは、地元の区立図書館だ。

一度、調べ物を始めると、ふたりは集中力がある。桃子も、昔とった杵柄《きねづか》、とばかりに思い当たる史料を片っ端からあたっていく。

忍が見ていたのは分厚い黒表紙の本だった。『寛政重修諸家譜《かんせいちょうしゅうしょかふ》』という、江戸時代の寛政年間（一七八九～一八〇一）に編纂《へんさん》された大名・旗本の系譜や経歴を記したものだ。万石以下お目見え以上の旗本は掲載されているはずだが、それらしき人物は見当たらない。

「そっちはどうですか」

忍が声をかけると、桃子の目線は史料の閲覧モニターにはりついている。

「………。ありました」

桃子が見ていたのは、江戸時代の番町付近が載っている古い地図だった。

「〝逸見仁左衛門〟……『正保《しょうほ》年間江戸絵図』に屋敷の名前が載ってます。ここに」

桃子が指さしたところを見て、忍はあっと息を呑《の》んだ。

「ここは……っ」

はい、と桃子は目線をモニターにはりつけたまま、うなずいた。

「うちです。佐々木の家がある場所です」

「つまり、あの場所はもともと、別の人物が拝領していたってことですか。佐々木家が住み着く前に住んでいたのが〝逸見家〟だと？」

これ見てください、と桃子はプリントアウトしてあった紙面を見せた。

「こちらは『延宝《えんぽう》年中之形』という地図の番町です。ここに佐々木家があります」

「表六番町通に面した善国寺谷通《ぜんこくじだにどおり》と糀町《こうじ》七町目横町通の間……。本当だ。延宝年間だから、たしか千六百……」

「一六七〇年代くらいです。明暦の大火が一六五七年なので、その十年後くらいのものですね」

さくさくと答えが返ってくる。一度集中すると桃子は明晰《めいせき》だった。

「かわりに逸見家の名前が消えてます」

「どこかに移ったのか……。先住者の屋敷絵図があったのは、佐々木家が引き継いだからか」

それだけでしょうか、と桃子が声をひそめて訊《き》いた。

「明暦の大火の後というのが、気になります。なんかあったのかも」

「なんか……ですか」

忍もモニターを見つめたまま、顎《あご》に手をかけた。保科正之から〝楢柴〟を預かった後に、佐々木家は逸見家の場所に屋敷替えしていることになる。

「確かに気になるな……。僕はもう少し、この逸見仁左衛門という人物を調べてみます。桃子さんはもう一度、例の屋敷絵図を確認してもらえますか。何か気になる記述がなかったか」

桃子は応じて一旦《いったん》、家に戻った。忍は居残り、結局、閉館時間まで調べ続けた。

翌日は日曜だったが、忍だけでなく無量もついてきた。さすがに作業着ではないが。

ブルーシートを剝ぎ、土層観察用の試掘トレンチに入って土壁をじっと見ている。基本層序と言って、この土地の土層が一目でわかるようになっている。これを基準に、遺構や遺物の位置関係や成立時期を判断することができる。

「この焼土層、宝永の火山灰よりは下で……えーと……焼物の特徴も」

ぶつぶつ言いながら、トレンチに座り込んでいる。忍が上から声をかけた。

「何かわかったか？」

無量は首を横に振った。

「……ただ、あの穴蔵を埋めてた土。混入してる遺物が、遺構の外の整地層から出てくるのとよく似てる。天井が崩れて穴がふさがったとかなら、一番下層に関東ローム層のブロックが出てくるはずだから、誰かが屋敷内の土で埋めたのは間違いないと思う」

「つまり、遺棄された遺体の可能性が高いということか。死因については？」

「うーん……。骨を調べてみないとね。撲殺されたなら頭蓋骨に陥没があるだろうし、斬られたなら切り傷が残ったりするかもだけど」

遺構からはそれ以上のことは読み取れない。

「あら。今日はふたりで来たの？　お休みなのに仲良《い》いのね」

桃子が雨戸を開けながら声をかけてきた。

「ええ、忍が帰りに四谷で焼肉食わせてくれるっていうんで」

「食欲旺盛《おうせい》でいいわね。それより見て欲しいものがあるの」

桃子に呼ばれてふたりは家にあがり、客間に通された。茶道具の箱は隅に片付けられていて、座卓には屋敷絵図の掛け軸が広げられている。

「実はあのあと、気づいたんだけど」

「気づいた？　なにに？」

「この掛け軸、変じゃない？　ここ」

桃子が手袋をはめた手で、絵図の右側のあたりをそっと撫《な》でた。

「このあたり、紙が二重になってるのがわかりますか？」

無量と忍も覗《のぞ》き込んだ。確かに右側だけ感触が違う。中にもう一枚、何かが挟まっている感触がする。

「なんでしょうか。ここだけ和紙を重ねてるような感じなんですよね」

「……。何か入ってるな」

言うと、忍はスマホを出してどこかに電話をかけ始めた。やりとりした後で、

「知り合いに表具師がいます。いま、お店を開けてるそうなのでちょっと行ってみませんか」

三人はさっそく屋敷絵図の掛け軸をもって、水道橋《すいどうばし》にある表具屋を訪れた。

「お久しぶりです。真中《まなか》さん」

迎えてくれたのは年配男性の表具師だ。僧侶《そうりょ》のように頭を剃《そ》っていて、笑うと目が糸のように細くなる。作務衣《さむえ》を着て店先に出てきた姿は、職人というよりお寺のひとだ。龍禅寺家のお抱え表具師のひとりで、美術館で所蔵する書画の修復や張り替えも請け負っているという。

「この間も軸の張り替えを頼まれて岐阜のお屋敷に行ってきたところですわ。笙子様、忍さんが全然顔を見せせんいうて愚痴いうてはりましたよ」

「東京では何度か会ってるんだけどね。会う度、見合い話をもってくるもんで困ってる

んだ」

え？　と無量が目を剝《む》いた。

「そんなことになってたの？　おまえお見合いしてんの？」

「してないよ。ただ笙子様は独身男女をくっつけるマニアでね……。井奈波の社員にも笙子様の紹介で結婚した夫婦がたくさん」

「う……。確かに断れなさそ」

「それより、さっき電話で話したこの軸なんだけどね」

箱ごと差し出すと、真中は「拝見します」と中身を取りだした。見ただけで絵図の裏に何か挟まっているとわかったのだろう。

「剝がさせてもろうてもええですか」

桃子は「お願いします」と頭を下げた。

作業が終わるまで近くのカフェで待機することになった。

「なんだか探偵にでもなった気分。謎解きなんてアニメや映画の中の話だと思ってたから」

「……まあ、考古学はそれ自体が謎解きっすからね。研究する人はえらいっすよ」

無量は「俺は掘るだけだけど」と言い足した。

「で、先住者の逸見なんとかってひとの身元はわかったの？」

「寛政譜には載ってなかったが、江戸初期にできた寛永《かんえい》譜（『寛永諸家系図伝』）のほうにはそれらしきひとの名があった。大番の組頭を務めた三千石取りの直参旗本だ。でも跡取りがいなかったのか、なにかわけあって取りつぶしにでもあったのか」

忍が珈琲《コーヒー》を飲みながら、答えた。

「念のため、佐々木家のことも調べてみました。そしたら、当時の佐々木家は書院番だったみたいですね」

「書院番って？」

「本丸御殿の警固役のことです。大番は、江戸城の二の丸や西の丸。書院番は、本丸。将軍の警護や殿中と門を警備したようです。あの大岡越前《おおおかえちぜん》で有名な大岡忠相《ただすけ》も元は書院番だったそうですよ」

「将軍のすぐ近くを守ってたってことですか」

「大火の時も殿中にいたなら将軍を警護して一緒に西の丸に避難したと思われますね。その時に〝楢柴《ならしば》〟を預けられたのかも」

実は、その西の丸にも火が及びそうになり、将軍の城外避難も検討されたようだが、保科正之に阻止されたという。

「なんで？」

「江戸城の主《あるじ》が城を捨てて逃げるなど、武士としてあるまじきこと、てとこかな」

「でも茶入は城外避難させたんだ……」

「ある意味、将軍には代わりもいるが、〝楢柴〟には代わりは存在しないからなあ」

天下にただ一品。

唯一無二の大名物だ。

「江戸城では茶道具を管理するのは、数寄屋《すきや》坊主の仕事だったはずだ。〝楢柴〟もそこで管理されてたはずだが、物が物だけに特別扱いされたのかもな。どうにか避難させて、佐々木家の先祖に託された……か」

「〝楢柴〟の避難先がうち……というか、逸見家だったってこと？」

「逸見家は三千石取り。当時の旗本屋敷は石高にあわせて広くなるというし、番町界隈《かいわい》ではかなり大きな屋敷だったはずだ。避難先にはうってつけだったのかも」

後の地図をみると、その屋敷跡はいくつかに区画分けされている。

引っ越してきた佐々木家は、逸見家の敷地の一部を拝領されたようだ。

「それがあの穴蔵があった場所だった……ってことか」

「偶然かしら」

穴蔵に埋まっていた女性、その手元にあった〝楢柴〟らしき茶入。

「偶然、ではなかったかもしれませんね」

だとしたら、そこにはどんないきさつがあったのだろう。

作業が終わったと真中から連絡が入り、三人は店に取りに戻った。

「いやあ。こんなものがはさまってましたよ」

真中が差し出したのは、一通の書状だ。

「念のため、取りだした時の状況も写真に収めておきました。こんな感じで」

「ありがとう」

書状は裏打ちした屋敷絵図と台紙の間に挟み込まれていた。

表装する際に忍び込ませたようで、初めからこれを隠すために掛け軸へと仕上げられた可能性も高い。

書状にはあて名も差出人の名もない。

あんなところに挟んで隠しておくくらいだ。曰《いわ》く付きのものにちがいない。

桃子は緊張しながら、書状を開いてみた。忍と無量も横から覗き込んだ。

「これは……」

書状というよりも、半ば、走り書きだ。

墨で記された文字を目で追う。桃子に読み取れたのは断片的ないくつかの漢字だった。

「……豊後《ぶんご》……丸山《まるやま》様と取り交わしたる……約……。約束？」

忍は押し黙ったまま書面に目を走らせて解読していく。

その横顔がみるみる強《こわ》ばっていくのが無量にもわかった。

「おい、なんて書いてあった？」

全部を読み終えた忍はすっかり青ざめてしまい、しばらく言葉が出てこなかった。

「……なんてこった……。そういうことだったのか」

無量と桃子は揃って首を傾げるだけだ。

「そういうことって……どういうこと？」

「どうやらわかったようだよ、無量。楢柴のいきさつも、あの人骨の正体も」

忍は、明晰《めいせき》な眼差《まなざ》しになっていた。

「あそこに埋まっていたのは、おそらく……」

*

忍が運転する車で、無量と桃子が向かった先は巣鴨《すがも》にある寺院だった。

もう陽はだいぶ西に傾いている。

最近造られたとおぼしき山門には「徳栄山《とくえいざん》」と記された額がかかっている。本瓦葺《ほんがわらぶ》きの本堂も比較的新しいのは、戦災で焼けて再建したためだという。朱塗りの立派な鐘楼もあって、大寺院の風格がある。

隣接する墓地には、年季の入った墓石も多い。夕焼けに照らされているひときわ大きな五輪塔は遠山金四郎景元《きんしろうかげもと》の墓だという。

「わあ、遠山の金さんのお墓だ。好きだったのよね、『江戸を斬る』の西郷輝彦《さいごうてるひこ》」

「ここは本妙寺《ほんみょうじ》といいます」

車を駐《と》めて追いついた忍が、桃子と無量に言った。

「なんでこんなところにつれてきたの？」

「見てもらいたいものがあって」

忍がふたりを案内したのは、本堂に寄り添うようにして佇《たたず》む阿弥陀仏《あみだぶつ》らしき石仏と、二基の古い供養塔だ。説明板が添えてある。

「明暦の大火の、供養塔……？」

ああ、とうなずいて忍は石仏に手を合わせた。

無量と桃子もそれにならった。

「――この本妙寺は昔、本郷丸山というところにあったんです。……東大のすぐ近くですね。江戸時代には本郷に立派な伽藍《がらん》をもつ大寺院だったんだ」

「やっぱり明暦の大火で焼けたの？」

「本妙寺は、火元だったと言われてる」

え！　と桃子と無量は目を剥いた。

「まじか。だから、供養塔が……」

「書状に記してあった〝丸山様〟というのは、実はこの本妙寺のことなんだ」

そうか、と桃子は合点した。掛け軸に隠された書状はつまり、火元である本妙寺に下した幕府の命令を指していたのだろうか。もしくは罰を下した？

「いいえ。密約を結んだんです」

忍は夕陽に照らされた阿弥陀仏の顔をじっと見つめ、

「老中・阿部《あべ》豊後守《ぶんごのかみ》――忠秋《ただあき》と」

桃子は絶句した。

豊後、とあったのは老中・阿部忠秋のことだったのだ。

知恵《ちえ》伊豆《いず》こと松平信綱《のぶつな》とともに、三代将軍・家光、四代将軍・家綱を支え、泰平の世の土台作りとなるべき様々な政策を担った。

切れ者で才気溢《あふ》れる松平信綱とは反対に、清廉篤実《せいれんとくじつ》にして剛毅木訥《ごうきぼくとつ》、物事の機微に通じて人情話的なエピソードが多く残されているのが、阿部豊後守忠秋だ。

「老中と密約を交わした？　まさか幕府が本妙寺に放火したっていうんじゃ」

「いや、そういうことじゃない。実は、本当の火元は本妙寺ではなかったらしいんだ」

「えっ。じゃあ、どこ」

「本妙寺の近くにあった、老中・阿部豊後守の屋敷」

無量たちは驚いた。老中の屋敷……！

「よりにもよってかよ」

「阿部家の屋敷での失火だったらしい。屋敷で働いていた下女が、灯明の火を落としてしまい、それが燃え広がったと……」

風下にあった本妙寺はむしろ被害者だった。

おりからの季節風にあおられ、火はまたたくまに本郷から駿河台のほうへと燃え広がり、とうとう神田のあたりまで燃やし尽くしてしまったのだ。

老中の屋敷から出た火が、死者十万を超えるとも言われる未曾有《みぞう》の大火を引き起こした。江戸に住む大名や町民から住処《すみか》を奪い、江戸城までも焼いてしまったのだ。

　市中に露見すれば、幕府の威信が崩れてしまう。

　徳川の治世が揺るぎかねないほどの、大失態だった。

「そこで幕府は、徳川とも繋《つな》がりが深かった本妙寺に、火元になってくれるよう、頼み込んだんだ。本妙寺はそれを引き受けた。……そういう説があるんです。どうやら、あの書状に記されていたのは、その時の密約のことだったようです」

「……。信憑性《しんぴょうせい》はどれくらいあるんですか。その話」

　火事の火元になった者は厳重に処罰される。土地を没収されたり、遠方に飛ばされたりするという。

　だが、本妙寺には大きなお咎《とが》めがなかった。寺は相変わらず、同じ本郷丸山にあり続け、焼けた伽藍もその後、立派に復興を遂げている。なにより、阿部家の名義で供養料が関東大震災までの二百六十年間、払われ続けたという。

「あれだけの大火の火元という汚名を引き受けたんだから、幕府から、それなりの代価を得たはずだ。その代価となったのが」

　忍は目を光らせた。

「楢柴《ならしば》だった……と」

「うそだろ……」

　無量と桃子も、呆気《あっけ》にとられている。

忍はスマホを差し出した。書状の文面を撮った画像がある。

「〝豊後守様が丸山様と御取り交わしたる密約之儀、皆々知りたる不届之輩《やから》より脅し文届き候処、かくなる上はかの茶入をば丸山様より取り戻し、重々隠滅はかるべく候〟」

読み上げた忍は「どうやら」と言葉を重ねた。

「本妙寺に幕府が火元をなすりつけたことを知った何者かが、老中失脚をもくろんで脅しをかけてきたらしい」

「脅しを？」

「ああ。幕府方は慌てて証拠隠滅をはかろうとしたんだろう」

ここからは想像だが、と忍は前置きして、

「おそらく本妙寺が火元を引き受ける代価として求めたのが、楢柴だったんだろう。幕府は書き残せない証文がわりに楢柴を引き渡した。……だが、真相が市中に広まれば、本妙寺に楢柴があること自体が、火元密約の証拠になりかねない」

事は急を要したのだろう。楢柴が本妙寺にあってはまずい、と察した幕府が佐々木の先祖に楢柴奪還の密命を下した。――忍は文面をそう読み解いた。

その証拠とばかりに、宛名と差出人は墨で塗りつぶされている。

本来なら残っていてはいけない密書の類《たぐい》だ。

それでもわざわざあんな形で残したのは、なぜだろうか。

「残したのは、たぶん、佐々木家のひとだろうな」

忍はそう推理した。

「佐々木家の先祖は、幕府による火元引き受け交渉にも深く関わっていたんだろう。保科正之からの預かり証文も、一連の交渉に関わったことの証左だ」

もしかしたら後世に伝わる「楢柴は行方不明」という話も、この交渉を隠蔽《いんぺい》するために流した一種の隠れ蓑《みの》だったのかもしれない。

「じゃあ、穴蔵の中に楢柴があったのは、奪還が成功したってことなの？」

「ええ、たぶん」

「なら、埋まっていた人骨は誰？　佐々木の先祖ですか？」

忍は冬枯れの藤棚を見上げて、しばし夕焼け空に想いを馳《は》せるような目をした後で、書状の画像をもう一度、桃子に見せた。

「……最後の一文を見てください。これです。〝なお、逸見女及び逸見家之御処分は追って沙汰《さた》致すべく候〟。たぶんこれが鍵《かぎ》です」

「逸見家の娘さんと逸見家に何か罰が下されたということ？　何かまずいことでもしたの？」

「逸見家の……娘」

先にぴんときたのは、無量だった。

「もしかして、逸見家の娘だったのか？　老中阿部の屋敷にいたのは」

忍は重苦しい表情で「たぶん」とうなずいた。

「火を出してしまった下女、というのは、彼女のことだろう」

「まさか！」

桃子は思わず大きな声を出してしまった。

「もちろん、旗本の娘だから下女と呼ぶのはおかしいが……。旗本の娘と特定されないようにあえてそう表現させたのかもしれない。旗本の娘が老中の屋敷で働くようなことがあるかどうかは、僕も勉強不足でわからないが、縁組か何かがあったかもしれない」

「火を出してしまった張本人だったというの？　阿部のお屋敷でうっかり火を出してしまったのは、逸見家の娘さん？　ならあの敷地から逸見家がいなくなったのも」

「娘の罪に連座する形で、屋敷を没収された、そういうことかも……」

逸見家の名が『寛政重修諸家譜』から消えたのは、明暦の大火で火を出した責任をとったということなのだろうか。

「老中は責任をとらず、火を出した本人とその実家をひそかに罰して終わらせたのね……。えっ。じゃあ、まさかあの人骨は……！」

全部がつながって、桃子は茫然《ぼうぜん》と立ち尽くしてしまった。

「その、火を出してしまった逸見の娘さん……だっていうの？」

無量もしばらく言葉がない。

「……。闇から闇に葬られたわけか。幕府の威信を守るために」

忍は「明暦の大火」の供養塔を真顔で見つめている。

「大火の原因を作ったんだ。本人の罪の意識も、大きかっただろうね」

自ら命を絶ったのか。

それとも絶たれたのか。

「出てくる骨を調べれば、わかるだろうけど」

無量は供養塔を痛ましそうに見つめた。

「自分の失火のせいで、江戸は丸焼けになり、何万人も死に、幕府は窮地に陥り……。たしかにしんどいな。そりゃ」

老中屋敷が火元だと隠し通すためには、その娘の死すら隠さなければならなかったのだろう。だから、逸見家の人々はあの地下室に遺体を隠して、最終的には二度と開かないように土で埋めた。そういうことか。

「幕府と本妙寺の間に、火元引き受けの取引があったことの証拠になる楢柴肩衝《かたつき》も、もう表には出せない。だからあの穴蔵に隠したんだろう。逸見の娘さんの遺骸《いがい》といっしょに」

「佐々木家が逸見家の跡地の、しかも、ピンポイントであの場所を拝領したのは、土の中に埋まってる楢柴肩衝と御遺骸を守るためだったというの？」

「ええ、たぶん。火元引き受け交渉にも奪還にも関わった佐々木家は、幕府の機密を守り通すために、あえて、あの場所の番人になったのかもしれませんね」

桃子は放心してしまった。

そんな大変な秘密の上に、暮らしていたとは。

「だから、明治維新の後も、あそこに残ってたのね……」

「もちろん、いま言ったことは全部、推測の域を出ません。ただ、本調査が進めば、さらなる証拠も出てくるかもしれませんね」

「……そうね。ちゃんと調べたほうがいいわよね」

桃子は夕焼けに滲《にじ》む街を振り返った。

たなびく雲が赤く染まっていく。家々の屋根は夕陽を照り返して、まるで炎の中にいるようだ。

「あの骨の女性は全部を背負って、三百五十年以上、あの場所に眠っていたのね」

重い罪と秘密とをその身に抱え込んで。

明暦の大火で、死亡した江戸の住民は、三万人とも七万人とも十万人超だともいう。

いずれにしても、とてつもない大災害だ。

関東大震災や東京大空襲にも並ぶ死者数だ。

大震災と大空襲はかろうじて写真が残っている。そのすさまじさを語る言葉も残っている。だが三百五十年以上前の大災害を物語る記録は、あまりにも少ない。

炎にまかれて逃げ場を失って、何万人もが命を落とした。大震災の時にも起きた火災旋風に巻き上げられた者もいただろう。黒焦げになるまで焼かれた亡骸《なきがら》がそこここに横たわる光景は、地獄のようだったにちがいない。

未曾有《みぞう》の大火を語るものは、今となってはこのような供養塔ほどしか、ない。

それでも土の中には残っているのだ。その痛ましい記憶が。

当時の人々にとって、その被害の大きさは衝撃だったろう。江戸は終わった、と思った者もいたかもしれない。生き残った人々も、大事な家族や友人を失った。江戸にはたくさんの悲しみが溢《あふ》れただろう。家も家財も失って絶望のふちに立った人々は、その後も大変な苦労をしたにちがいないのだ。それを語る言葉はほとんど残されていないが。

現代の災害がそうであるように、江戸の人々も、それと同じ苦しみや悲しみを嚙《か》みしめたはずだ。

「過去はすぐに記号になってしまうもんだから……」

無量がぼんやりと呟《つぶや》いた。この供養塔ひとつが建ったきっかけには、いったい、どれだけの人々の莫大《ばくだい》な「感情」がこめられていることか。

「むごたらしい光景や被災した人たちの本当のショックを思ったら、後世の人間が『幕府放火説』なんて、おもしろおかしく口にできるわけもないのにな……」

阿部忠秋の子孫が、本妙寺に供養料を二百年以上にもわたって収め続けてきた理由も、想像すれば理解できる。

単純に火元の汚名を肩代わりしてもらった代価というだけではない。この災害を起こした罪を悔い、末代に至るまで、大火の死者に詫《わ》び続けなければならない、という強い贖罪《しょくざい》の念があったはずだ。

以後、幕府は江戸を火に強い街にすべく、様々な取り組みをした。火除《ひよ》け地をつくり、道を広げ、燃えやすい茅葺《かやぶ》き等を禁止して、軽い瓦や、耐火性のある土蔵造りや塗屋造りを奨励し、定火消《じょうびけし》を備え……。江戸城の再建などどうでもよくなるほど、ありったけの知恵をしぼり、必死に取り組んだにちがいないのだ。

その後も火事は何度も発生したが、明暦の教訓は無駄にはならなかっただろう。

「江戸のひとたちは、乗り越えてきたのね」

数々の災害に痛めつけられても何度でも復興してきた。それが人間の力というものだ。何度も焼け野原になりながらも、よりよく暮らすために槌《つち》をふるった。人間の不撓《ふとう》不屈の念が街を甦《よみがえ》らせてきたのだろう。

「強いね……」

無量が言った。

「この街は……つか、人間は、強いね」

夕焼けに照らされた石仏の阿弥陀仏は目を伏せながら微笑んでいる。

その微笑みには、おそらく、在りし日の阿鼻叫喚《あびきょうかん》がこめられている。こちらが読み取ろうとしなければ、何も見えてはこない。当時の人々がこれを残したのは、後世の者に何度でも想像力を喚起させるためでもある。死者の霊を慰めながら、いまを生きる人々に「教訓を忘れるな」「想像することを怠るな」と告げているかのようだ。

無量たちも合掌した。

乾いた落ち葉が風に巻き上げられる。

夕陽に照らされた境内には、三人の長い影が伸びている。

＊

佐々木家の試掘作業は予定を大幅にこえて終了した。

ブルーシートに覆われたトレンチは、本調査までそのまま置かれることになる。

「また本調査でお邪魔します。一、二ヶ月後になると思いますが」

柳生はそう言って、佐々木夫妻に頭を下げた。

試掘だけでも大変な成果があったと聞いて、夫の耕太は目を白黒させていた。

「まさか人骨が埋まっていたとは……」

困惑しながら、一方で、黄金の茶器が出てこなかったことに落胆している。

「……ま、そんなうまくいくわけないか。ははは」

黄金ではない大名物、には特に関心がないようだ。

桃子は「時価数億円」の部分をあえて夫には言わなかった。黄金の茶器に目がくらんで発掘を頼んだ自分たちが、なんだか恥ずかしくなってしまったからだ。

とはいえ、相続税問題が残っている。

そのことを桃子は正直に柳生たちに伝えると、助け船を出したのは、忍だった。

「……そういうことでしたら、井奈波の美術館に相談してみましょうか。茶道具も鑑定の上で買い取ってもらえるかもしれません」

「本当ですか！」

楢柴肩衝《ならしばかたつき》らしきものが本物であれ写しであれ、あれだけの逸品だ。茶器の名品にはちがいない。もし本物ならなおのこと、整った設備のもとで保管されなければならない。

「楢柴か……。笙子様、大興奮するだろうなあ……」

逸見家の屋敷絵図も、隠されていた書状とともに、表具師の真中が修復することになった。旗本の屋敷絵図は史料としても一級品だし、例の書状は世に出されれば「明暦の大火」研究に一石を投じる重要史料になることはまちがいない。

「いろいろとわかるといいすね」

無量は珍しく機嫌がよかった。

はい、と答えた桃子も、なにかふっきれたような表情だ。

「柳生さん、西原さん、相良さん。いろいろ教えてくださって、ありがとうございました。過去ってこうやってわかってくものなんですね。大学にいる時は全然実感してませんでした。古文書もっと読めるようになりたいので通信講座でも始めてみようかと思います」

「ああ、それはいいですね。応援してます」

柳生も答えた。

「……お茶請けに出してくれた蒸《ふ》かし芋もおいしかったですよ。とても懐かしい味がしました。本調査でもまた食べられるといいなあ」

「あら。うれしいわ。実家から送ってくれたサツマイモなんです。うち、川越《かわごえ》に大きな芋畑をもってて」

「え、奇遇ですね。俺も川越なんですよ」

「やだ、近所かしら。幼稚園のお芋掘り会に畑を貸してたんだけど」

「まさか」

柳生の脳裏で遠い記憶の映像と目の前の桃子が重なった瞬間だった。

「夏目《なつめ》さんのお芋畑の……！」

「もしかして柳生さんもコマダ幼稚園の？」

「はい。もしかして青空組のモモちゃんじゃないですか!?」

「え！　なんで知ってるの？」

「おぼえてないですか。家が近くていつも一緒に通った、いがぐり頭の」

「あっくん……？　もしかして、あなた、あっくんだったの？」

「はい！　その、あっくんです！」

遥《はる》か幼少時の記憶が見事に一致して、ふたりは歓声をあげて騒ぎ出した。

無量と忍と耕太は呆気《あっけ》にとられている。幼少期の知り合いの再会とは……。遠いにもほどがある。

「つか、よくそんな大昔のこと覚えてますねえ……」

なるほど、桃子が「柳生の好みのタイプ」だったのではなく、「柳生の好みのタイプ」を作ったのがこの桃子だったのだ。そりゃ意気投合するわけだ、と思いながら、無量は半分呆《あき》れていた。

「逸見家の娘さん……か」

忍がブルーシートのそばにしゃがみ、持参した線香に火をつけて、線香立てに置くと、おもむろに合掌した。柳生たちも騒ぐのをやめ、皆で手を合わせた。

桃子が花を供え、皆でもう一度、しんみりと穴蔵を見つめた。

「佐々木の先祖が、あの書状を燃やさずに隠したのは、真実をどうにか後世のひとに残そうとしたためでしょうか……」

桃子の問いに「たぶん」と忍が答えた。

「あえて逸見家の屋敷絵図を掛け軸にしたのも、ここが逸見家の屋敷だったこと。この穴蔵にはそのお嬢さんが眠っていることを、伝えたかったのかもしれませんね」

「ずいぶんややこしいやり方だったけど」

と無量は苦笑いした。真顔に戻り、

「本当は闇から闇に葬らなきゃいけない秘密だったろうし、あの記録がなければ、あの人骨も茶器も、誰だったのか、何だったのか、わからないままだったんだよな」

「暴露するぞ、と幕府を脅したひとたちは誰だったんでしょう」

「老中失脚を狙う政敵か、もしくは……」

と柳生が口をはさんだ。

「由井正雪《ゆいしょうせつ》の乱の残党だったかもしれんなあ。老中阿部に恨みをもって、あわよくば、幕府転覆をもくろんだとか……」

「すごい。映画が一本撮れそう」

桃子はぽんと手を打った。

「私、それを題材に小説を書いてみようかしら。うまくいったら賞がとれて、印税で相続税も払えちゃうかも！」

「はは……。でかいですね夢が」

「これでも若い頃は友達と同人誌出してたのよ。そうだ、やってみよ。私、小説を書く！」

「はあ。どかんと売れたら、俺たちにもなんかおごってくださいね」

半笑いしている無量たちだが、桃子の表情は発掘前よりもはるかに生き生きとしている。ブルーシートの下で取り上げを待つ人骨に向けて、そっと話しかけた。

「待っててね、あなたの気持ちは私が書いてあげるから」

その想像もまちがっているかもしれないけれど、想像の力で寄り添おうとすること自体が、供養という行為の意味なのだと桃子は思う。

線香の煙がのぼっていく先に青空が広がっている。

桃子は右の掌《てのひら》を冬の太陽にかざした。

「オールは自分で握ってるのよね……」

佐々木桃子は一年後。

この人骨と茶入を題材にした小説で新人賞をとってデビューを果たし、やがて庶民派の人気歴史作家として花開くことになるのだが――。

それはまた、ずっと先のお話。

あの時代に続く空

「……ですから、取材は何度もお断りしたでしょう。お引き取りください」

神足《こうたり》秀一《しゅういち》は厳しい口調で言い放った。

だが、鶴谷《つるや》暁実《あけみ》は食い下がった。

ここで引き下がったら二度とチャンスはないと思ったからだ。

「お願いします。一時間でも、いえ三十分でもいいのです。神足巌《いわお》氏から直接お話を聞かせてください」

「父は医者から安静に療養するようにと言われております。そうでなくとも高齢なのです。心身に負担をかけるような取材は許可できません」

秀一は頑として譲らない。

鶴谷はもどかしい想いでいっぱいだ。

「お引き取りを！」

門前払いとはこのことだった。これ以上食い下がったら、そばにいる警備員につかまってしまいそうだ、と思い、鶴谷は、わかりました、と神足邸を後にした。

目黒《めぐろ》にある神足《こうたり》邸は十年前と変わらない。

よく手入れされた和風庭園の向こうには豪邸が建っている。和洋折衷の独特の構えは、いかにも「昭和を生き抜いた大物政治家の邸宅」という趣がある。

元総理大臣の邸宅とあって、門前には警備の者も立っている。

本宅は地元にあるが、東京にも邸宅をもち、政治活動の拠点としていた。

先ほど、応対した神足秀一も国会議員――だった。前の内閣で農林水産大臣を務めていたが、前回の衆院選でまさかの敗北を喫し、父から受け継いだ地元選挙区で議席を落とすという大失態をやらかした。神足親子は時代の潮目が変わったことを目の当たりにしただろう。

それも致し方ない。

支持基盤だった有権者は業界自体が高齢化し、秀一は数年前の虚偽答弁疑惑で大臣の座からおろされている。父・神足巌は隠居して、いまは与党のご意見番のような存在ではあるが、こちらも健康問題を抱えており、滅多に表に出てくることはなくなった。

だからこそだ。

だからこそ今、語って欲しいのだ。

と、鶴谷に取材を依頼したのは、粕屋《かすや》という編集者だ。つきあいの長い大手出版社の社員だった。海外取材に同行したこともある。腐れ縁の編集者だ。

昭和の大政治家・神足巌が語る戦後、というテーマでインタビュー本を書いて欲しい。

そう頼まれた。

実は鶴谷は十年ほど前に一度だけ、雑誌の取材で神足巌《こうたりいわお》のインタビュー記事を書いたことがある。そのとき、なぜか巌に気に入られ、会食までした。

——君は今時にしては珍しい骨太な記者だな。女にしとくのがもったいない。

そんなふうに言われたので、かちんときた鶴谷は思わず言い返した。

——神足さん。そういう時代感覚では、もうこの二十一世紀に政治家は続けられませんよ。

すると巌は数瞬、ぽかんとしたが、

——そうか！　すまん、昭和の老兵の失言だ！

大きな声で笑い飛ばした。

だが、その会食から一ヶ月後。巌は本当に政界を引退してしまったのだ。

当時はまだまだ気を吐いていたし、派閥の重鎮として発言力もあった。引退はまだまだ先だと思われていたから、鶴谷は焦った。自分ごときの発言が、あんな大物政治家を動かすはずもないが、ひどい侮辱と受け取られたかもしれない。

「やはり、あれで嫌われてしまったかな……」

その上、秀一の大臣更迭騒動の時は、鶴谷も割と容赦なく、記事を書いている。

息子のおぼえがめでたくないのは、そのためだろう。

そんなことがありはしたが、依頼をくれた編集者は、あの時のインタビュー記事を覚えていてくれて、今回のインタビューにわざわざ鶴谷を指名してくれたのだ。期待にもこたえたいし、鶴谷自身、もう一度、神足《こうたり》の話をじっくり聞きたかった。

神足も高齢で体調を崩していると言うし、まともに話を聞けるのはこれが最後になってしまうかもしれない。だから今回のインタビューはどうしても実現させたかった。

　こうしてわざわざ自宅にまで足を運んだのも、あわよくば本人に直接お願いを、とワンチャンスにかけたからだ。

「さすがにきびしいか……」

　肩を落として歩き出そうとしたときだった。

　背後から自分を呼ぶ声が聞こえたような気がした。

　振り返ると、坂の上から若い女性がひとり駆けてくる。どこかで見た覚えがあると思ったら、神足巌の孫娘・沙樹《さき》ではないか。

「鶴谷さん、ですよね。ああ、よかった。間に合って」

「どうかしましたか」

「祖父から伝言をことづかってきました」

　息をきらす沙樹の顔を、鶴谷は思わずまじまじと見てしまった。

「伝言？　私に？」

　玄関先でのやりとりを聞いていた沙樹が、父に知られぬよう、隠れてこっそり巌に伝えたらしい。鶴谷の名を覚えていてくれたのだ。

「祖父はある条件を叶《かな》えてくれれば、インタビューに応じると言ってます」

「本当ですか！　……ある条件とは？」

沙樹は手にもつ小さな箱を差し出した。

「なんですか、これは……？」

蓋《ふた》をあけると、緩衝材にくるまった箸置《はしお》きのようなものが入っている。

よくみれば、掌《てのひら》に収まるほどのかわいらしい土人形だ。

ちょこんと座ったおかめ、鯛《たい》を抱えた恵比寿《えびす》様……。これらは色づけされて釉薬《うわぐすり》も塗られている。人の顔が描かれた素焼きの豆皿のようなものまである。

「これの持ち主を探してくれたら、インタビューに応《こた》えるそうです」

「持ち主を？」

はい、と沙樹は大きくうなずいた。

「それは預けますから、持ち主がわかったら、私に直接連絡をください。お父さんや秘書が間に入るとややこしくなるので」

箱にはメールアドレスを記したカードが添えてある。

では、というと沙樹は一礼して、人目を避けるように小走りで去っていった。

鶴谷に残されたのは、奇妙な土人形たちだ。

「持ち主を探せ……とは、どういうことだ？」

＊

「それで私たちを呼びだしたと？」

　永倉萌絵《ながくらもえ》は職場近くの喫茶店で、鶴谷から話を聞かされた。

　黒いパンツスーツ姿の鶴谷は、くだんの土人形を差し出した。

「どこかの古い民芸品のようなんだが、亀のとこでなら何かわかるかと思って」

　あいにく亀石《かめいし》所長は出払っていて留守だった。

　亀石発掘派遣事務所は遺跡発掘にたずさわる人材派遣をするための事務所だ。

　アルバイトやパート作業員の派遣はもちろん、整理作業員、調査報告書作成など、埋蔵文化財に関わるあらゆる仕事の人材を扱う。

　萌絵は所員のひとりだ。

　とはいえ、業務は人材派遣なので、民芸品の専門家というわけではない。

「土製のミニチュア……ですか？」

「箸置きにしてはぶあつすぎるし、神足《こうたり》巌が箸置きの持ち主を探すとも思えん」

「おかめに恵比寿様に謎の人面、ですか。置物かなあ。どこかのお土産でしょうか」

　裏をひっくり返してみても、特になにも記していない。

「誰かから土産でもらったのなら、持ち主は神足自身だ。贈り主を探せ、という言い方になるはずだ。そうでないとなると」

「うーん……。謎ですね」

そこへ、萌絵から呼び出された無量《むりょう》がやってきた。

今日はたまたま休みで家にいたらしく、スウェットの上下にサンダルという家着スタイルのままだ。直前まで昼寝でもしていたのか、後ろ髪が寝癖ではねている。

「お久しぶりっす。鶴谷さん。メガネ、変えました？」

細身フレームとショートボブが目印の鶴谷は、冷静沈着が売りのフリージャーナリストだ。無量たちが巻き込まれた事件で何度となく助け船を出してくれていた。

「珍しく東京にいたんだな、無量。おまえなら全国各地を巡ってるから、わかるかもしれない」

　土人形を見せられた無量は、一見して、気づいた。

「……遺物っすか？」

　驚いたのは、萌絵と鶴谷だ。

「お土産の箸置きじゃないの？」

「あいにくだけど箸置きじゃない。江戸時代の子供の玩具《がんぐ》っすよ。たまに大名屋敷や旗本屋敷とか掘ってると出てくるやつ」

　無量は手にとって表裏を見始めた。

「江戸在地産、土師質《はじしつ》のミニチュア玩具。こっちのえびすさんは陶質。……熱を受けた痕跡《こんせき》もある。火事で焼けたかな」

「どこで出土した遺物だか、わかるか？」

「さあ……、そこまでは。柳生《やぎゅう》さんに聞いてみましょうか」

　無量は土人形を携帯で撮ると、さっそく柳生に送りつけた。

　鶴谷は感心しながら、珈琲《コーヒー》を飲んだ。

「相変わらず大したもんだ。すぐにわかるんだな」

「ええ、まあ。あと江戸のやつはわかるんすよ、雰囲気で。京ものとちがって、ちょっと素朴でそこまで精巧でないから。……あと、こっちの丸っこいのは泥メンコ」

　江戸の子供の遊び道具だ。

　遅い昼食だといってあつあつのナポリタンを食べ始めた無量は、経緯を聞いて首を傾げた。

「……持ち主を探せっすか。それって出土した場所を探せば、なんかわかりますかね」

「調べてわかるものか？」

「遺物なら調査報告書なんかに載ってる場合もありますし。ただ出土遺物でなく、ずっとどっかの家に伝わってきたものとか、骨董品《こっとうひん》の可能性もおおいにあるんで、一概には言えないすけど」

　口のまわりをケチャップで染めている。子供のようだ。

　萌絵が気を遣って、

「もし出土遺物なら、その持ち主を知るには発掘調査した場所を割り出すのが近道ですけど、なんでそんなことを知りたがってるんでしょうか。神足《こうたり》氏は」

総理大臣経験もある大物政治家が、こんな他愛のない土人形の持ち主を、どうして探す必要があるのか。

謎にもほどがある。

「……まあ、でもそれがわからないと、インタビューさせてもらえないんでしょ？　そのインタビューってのは、やっぱ大きい仕事なんすか？」

「戦後を代表する最後の大物政治家だからな。今だからこそ話せる貴重な裏話もたくさんあるはずだ。いま聞かなければ、昭和史の真相が消えてしまう。もう昭和も歴史の中の出来事になりつつあるからな」

証言を記録に残すためだ。

歴史を掘り起こす作業だとも言える。

「……そっか。鶴谷さんの仕事は、昭和の史料を作ることになるんすね」

鶴谷はきょとんとした。

「史料……？　私が？」

「だって、何十年後かの研究者は、鶴谷さんの記事をみて、昭和史の研究材料にするわけでしょ」

無量はフォークの先でくるくると麺《めん》を巻いた。

「俺らは掘るほうだけど、記録を残す仕事って、やっぱ、すごいすよね」

発掘屋の仕事は遺物を掘りだして、そこから過去を探ることだ。対して文献屋は残された記録から過去を知ろうとする。その記録を残す側の人間というものに対して、無量にはほのかな憧《あこが》れと尊敬の念がある。

「そんな大袈裟《おおげさ》なものじゃない……。当時の真相をいま生きてるひとに伝えたいだけだよ」

「俺、調べてもいいすよ」

珍しく無量が自分から言い出した。

「今週は暇だし」

「ほんとか。助かる。ちゃんと調査料は……」

「いいすいいっす。鶴谷さんにはずっと世話になってきたんで……御礼っす」

「だが、それじゃこっちが心苦しい」

「なら今度焼肉おごってください。ジョジョ苑《えん》のいいやつ」

無量はたくさん巻いた麺を大きな口でぱくっとくわえた。

「それでチャラってことで」

それから少しして柳生から返信があった。

おかめの土人形に見覚えがあるという。

但し、どこの現場だったかまでは覚えていないというので、無量は調査報告書をあたることにした。亀石建設で扱った遺跡の報告書はすべて資料室に残っている。自治体や財団法人が手がけた発掘の報告書もだいたい揃っているという。

資料室は作業場の隣にある。

萌絵も柳生に用事があるというので、一緒に亀石建設の本社ビルに向かった。

「さすが鶴谷さん、かっこいいね。伝説の大物政治家のインタビューまでやっちゃうなんて……私だったらビビりまくっちゃって頭真っ白になるだろうし、挙げ句の果てに、だめだコイツって追い返されそう」

萌絵は書棚の報告書を探しながら、言った。

「フリージャーナリストって肝っ玉が据わってるんだろうなあ」

「元々は新聞記者だったんだ。大手の」

無量の言葉に、萌絵は驚いた。

「そうだったんだ。大手ならお給料もよさそうなのに、あえてフリーになるなんて勇気あるっていうか」

「俺と最初に会った時も、じーさんのことで取材に来てたんだよね」

「それって例の捏造《ねつぞう》事件の？」

いや、と無量は首をふり、報告書のページをめくった。

「メディア・スクラムの被害に遭った家族……、って記事だった」

祖父・西原瑛一朗《さいばらえいいちろう》の遺物捏造が発覚した後、無量たち家族は過熱するマスコミに囲まれて家からも出られなくなったことがある。大きな事件や事故の後、大勢の報道陣がその家族や関係者のもとに一斉に押しかけることを「集団的過熱取材《メディア・スクラム》」といい、無量たちが遭ったのはまさにその典型だった。

捏造事件から三年ほど経った頃だ。

一時の過熱報道こそなくなったが、それでも時折、蒸し返すように取材にくるマスコミもいる。鶴谷もそのひとりだと思い、無量の母・裕子《ゆうこ》は最初、けんもほろろに断ったが、鶴谷の目的はそこではなかった。当時のマスコミの姿勢に疑問を呈し、自社の報道への反省と自戒をこめて記事にしたい、あのときの率直な思いを聴かせてほしい、と訴えてきたのだ。

「そんなひと、はじめてだったから、よく覚えてた……」

家にやってきた鶴谷が母と話すのを、無量は物陰から窺《うかが》っていた。

母が涙ながらに家族の心に負った傷について語ると、鶴谷は座布団を膝《ひざ》から外し、両手を畳について深く頭を下げたのだ。

無量は驚いた。その姿が忘れられなかった。

「こんなひともいるんだって思った。俺はマスコミが大嫌いだったし、今でも信用してないけど、俺たち家族の気持ちに唯一寄り添ってくれた鶴谷さんは、やっぱ特別なわけで」

「そうだったの……」

鶴谷が新聞社をやめ、フリーになったのは、その少し後だったそうだ。

メディア・スクラムの取材を通じてマスコミの報道姿勢に疑問をもった鶴谷は、しがらみの多い大手新聞社では自分の信念に基づいた仕事はできないと気づき、フリーの道を選んだのだ。

「所長とのつきあいは古いのかな」

「知り合ったきっかけはそれこそじーさんの事件だったって。発掘の専門家を紹介してほしいとかで連絡とったのがなれそめだっていうから、もう十四、五年かな」

無量が海外で発掘調査をした時もはるばる取材にきたことがある。

西原瑛一朗の孫が掘っているということには一切触れず、地雷の埋まる地域での発掘と遺跡保存のむずかしさを記事にした。

あのさばさばとした話し方も、適度な距離感も、無量には心地が良い。変にウェットになることはなく、だからといってデリカシーがないわけでもない。

マスコミ嫌いの無量が唯一、心を開いたジャーナリストだ。

「鶴谷さんて場数を踏んだ感がすごいもんね。沈着冷静で度胸もあって知性もあって……。私もあんなひとを目指したいなあ」

萌絵が言ったら、無量がふきだした。

「ちょっと。なに今のプッは」

「度胸はともかく沈着冷静て……。あんたがいうと草しか生えない」

「全部刈り取ってやる」

　これかな、と無量が手にした報告書のページを萌絵に向けた。

「似てない？」

「おかめとえびすの土人形」

　トレース図が載っている。

「〝特徴。暗橙褐色《あんとうかっしょく》、土師質、前後型貼り合わせ、バリヘラ、白泥。江戸在地系〟……なるほど。そっくりだな」

　柳生が見たおかめは、どうやら同じ窯元で作られたものらしい。

　出土遺物表の表記を読み取って、無量は箱に入っている土人形と見比べた。

「これでまちがいなし？」

「いや。惜しい。えびすさんもあるけど残存率が足りない」

　無量の手元にある土人形は、百％の完形だが、報告書にある出土遺物は八十％。よく似ているが、遺跡から出土したほうは一部が欠けてしまっている。

「同一遺物じゃないことは確定ってことね。ちなみにどこの遺跡の報告書？」

「下谷七軒町《したやしちけんちょう》遺跡。下町のほう、浅草橋《あさくさばし》の近くかな。出羽《でわ》久保田《くぼた》藩の上屋敷遺跡があったらしい」

「久保田藩……？　そんな藩あったっけ」

「秋田藩のことだ。佐竹《さたけ》の」

秋田の名門だ。

二十万石を擁した外様大名・佐竹氏。その上屋敷があった遺跡だった。

無量はぱらぱらとめくって、概要を読み上げた。

「江戸時代にはずいぶんでかい佐竹の大名屋敷があったけど、明治に入って火事で焼失。野原になってたから〝佐竹っぱら〟て呼ばれてたらしいよ」

「そうか。下町にも結構、大名屋敷があったんだっけ」

「〝佐竹っぱら〟にはその後、大道芸の小屋とか寄席とか見世物小屋なんかが建って、だんだん盛り場になったらしい。大正の頃になると料亭とか艶《つや》っぽい雰囲気のいわゆる大人の歓楽街になってったんだと」

それも関東大震災で皆、焼けてしまったという。

今も近くには「佐竹商店街」などがあり、佐竹家のあった名残をとどめている。

少なくとも、そこの大名屋敷から出土した遺物とそっくりだということは判明した。

「でも、だからと言って、これもそこから出たとは限らないよね」

「うん、まあ……。大量生産品なら別のとこで出ててもおかしくないけど」

これが気になる、と無量がトレース図を指さした。

萌絵も覗《のぞ》き込んだ。

「あ、これ。泥メンコ」

神足《こうたり》に渡された土人形とともにあった小さな円盤状の素焼きだ。同じものが佐竹屋敷跡から何個も出てきている。

「そっくりなものが三つも揃ってるのはやっぱ不自然」

「ということは、やっぱりここから出たもの？」

「神足氏が探してるこの土人形の持ち主は、佐竹家かもしれない」

佐竹、と聞いて萌絵はすぐに思い出した。

「知事じゃない？　秋田県知事は佐竹家のお殿様の子孫なんだよ。同じ政治家だし、県知事選で応援したとか、そういうつながりなんじゃ」

可能性はある。それで解決するなら、話は簡単だ。

「とりあえず、鶴谷さんにそう報告してみるわ」

無量は報告書をコピーして、鶴谷のもとに送った。

*

答えは、NOだった。

鶴谷は念のため、知人を通じて県知事の親族に問い合わせたという。だが、神足にそのようなものを贈呈した人物は確認されなかった。土人形には見覚えもないという。

話は振り出しに戻ってしまった。

無量は先日の喫茶店で鶴谷と落ち合い、二皿目のナポリタンを食べる羽目になった。

「県知事でないとすると、誰だろうな」

鶴谷はブラック珈琲《コーヒー》を飲みながら、途方にくれている。

「とはいえ、同じものが秋田藩上屋敷跡から見つかっているのは事実なんだろう？　ということは、やはり秋田藩の関係者か？」

「でも明治に入ってすぐ焼けて撤去されてるんすよ。それよりも、あとの時代じゃないすかね。野原だったらしいし」

「子供が拾うこともあったかもな」

「そういや、見世物小屋が建ってたとか」

明治の頃は遊興地のようになっていたらしい。

「見世物小屋か……。今はすっかりそういうものはなくなったが」

戦前はそういう怪しくもいかがわしい小屋が祭にやってきたりしたものだ。サーカスのように軽業をみせるものから、得体の知れない生き物——蛇女やロクロ首といったものを看板にかかげ、人寄せをするものまで。

テントの向こうにはアングラ独特の猥雑《わいざつ》な空気があり、客は看板の文句にあおられて、怖いもの見たさで銭を払い幕の向こうを覗いたものだった。結局「なあんだ」と出てくるわけだが、だまされること自体が一瞬のエンターテインメントだった。軽業師のどこか世俗離れした振る舞い、そしてそこは福祉という概念もなかった時代、働き場を求めた身体に障害を負う者が身銭を稼ぐ場にもなっていた。

紅《あか》い灯のもとで客をひく女、活動写真、料亭の三味線、射的、夜の盛り場を往き来する者たちのあやしげな影が目に浮かぶようだ。

「そういう関係だったりして――」

「あいにく巌氏はまだ生まれてないな。それらも関東大震災で焼けた……。そして空襲。後は普通に家が建った」

「あのへん、一軒一軒回って訊《き》いてみます？」

　なかなかの労力だが……。

「町内会のひとに話を振ってみるか。協力してもらえるかもしれない」

　そうして、無量と鶴谷は浅草橋に向かうことになった。

＊

　下谷七軒は下町らしい屋並みが広がる界隈《かいわい》だ。

　いまは台東《たいとう》区に属しているが、終戦直後までは下谷区と呼ばれていた。

　道の両脇に四角い建物が隙間なく敷き詰められ、道路ぎりぎりまで建っているので、両側が壁のようだ。一階の出入口はどこも引き戸になっており、道路と建物の細い隙間に植木鉢が行儀良く並んでいる。

　下町独特の空気がどこか懐かしい。

　江戸時代は武家地で、中小の大名屋敷が集まっていたという。

　町内会長の青木《あおき》は、佐竹商店街で呉服屋を営んでいる。

　訪れると、とても親切に応じてくれた。

「へえ……。江戸時代の土人形ですか。こんなもので佐竹のお殿様のお子たちは遊んでいたんですねえ」

　店先で土人形を見せると、青木はしげしげと珍しそうに見た。

「このあたりには佐竹家の家臣の子孫のような方も住んでたりするんですか？」

「さあ……。屋敷が焼けて土地も明治政府に差し出したあとは、お殿様といっしょに秋田のほうに戻ったんじゃないかな。佐竹家は美人が多かったっていうから、この界隈も美人が多くて、通り掛かった男が目で追うから、よく荷車なんかがぶつかったらしいよ」

「秋田美人ってやつ、すか……」

「まあ、色白だった秋田美人も、江戸に長く住んでたらあっというまに日焼けして、すっかりたくましくなっちまっただろうなあ。ははは」

　下町らしい気さくな町内会長は、土人形の持ち主捜索に手を貸してくれるという。

「写真を店先にはっとくよ。見覚えがあるひとがいたら申し出てもらうようにしよう」

　他の店にも声をかけてくれるという。

　無量と鶴谷は反応待ちということになった。

ふたりが立ち寄ったのは、佐竹商店街からしばらく歩いたところにある下谷《したや》神社だ。東京で一番古い神社だという。スイートコーンが好きなアヒルがいると聞き、無量が探していると、その先に赤いのぼり旗の立つ一角があった。隆栄稲荷《りゅうえいいなり》神社とあり、鮮やかな赤鳥居がひしめいていて、ひときわ華やかだ。くぐっていくと、赤いよだれかけをつけたお稲荷さんの像がいくつも鎮座している。

無量と鶴谷は参拝した。

願掛けする無量の横顔を、鶴谷が観察している。

「な、なんすか」

「変わったな、無量。いや、成長したっていうべきか。昔は初見の人間とは口を開いても一言二言しか話さなかったのに」

こんなふうに普通に会話ができるようになるとは。

無量は居心地悪そうに自分の顔をなでた。

「……これでも大人になったんす」

「いや。やっと他人にも素顔を見せられるようになった。そういうことじゃないのか？」

鶴谷の言葉は意外だった。

自分では単に世慣れたせいだと思っていたが、鶴谷の目には少しちがって映るようだ。

「いまのおまえはいい意味でリラックスしてる。相良忍と永倉さんのおかげかもしれないな。あのふたりが来てから、驚くほど表情豊かになった」

「そんなんじゃないすよ。忍はともかく、永倉は別に」

鶴谷は小さく笑った。

「自分で気づいてないんだな。相良忍はおまえの兄貴分だからわかるとしても、永倉さんは不思議だな。余程うまがあったのか」

「そんなに無愛想でした？　俺」

「少なくとも、なんでもない他人に笑顔を見せるようなやつじゃなかった」

無量は自分の振る舞いを思い起こして、そうだったかな、ととぼけた。

鶴谷はジャーナリストらしい観察眼を発揮して、

「あのふたりからいい影響を受けているんだな、と思ったよ。未知の人間の前で、壁を立て続けなくても大丈夫だと思えるくらいには、自分に自信をもてるようになった。そんな感じだ」

「俺、自信があるように見えます？」

「自信というより余裕だろう。ひとは安心して帰れる場所があると心に余裕が生まれる。家がない人間は常に気を張りつめて、熟睡もできないものだ。昔のおまえはどこにいてもずっと独りで街をさまよってるような目をしてた」

無量は数年前までの自分の心を眺めるように、鳥居の先を見た。

「家に背を向けてた……。そんな感じじゃなかったか？」

「かも、しれません」

「安心して帰っていい場所を手に入れてから、少し楽になれたんじゃないのか」

「……」

「孤独でなくてもいい自分を、やっと受け容《い》れることができたんだよ。おまえは」

そうなのかな、と無量は空を見上げた。

「でも怖いんすよ。逆に」

「なにが」

「ここはまだ、かりそめの場所のような気がして」

簡単には身を預けられない無量の、心の傷痕《きずあと》がその言葉からは透けて見えた。

近くでひよどりが啼《な》いている。

甲高い声だ。

「……独りは怖いけど、独りであることに安心する。そんなことってありませんか」

「わかるよ。私も独り身だからな」

鶴谷はひよどりを探すように、目線を宙に向けた。

「拠《よ》り所は人それぞれだ。家族やパートナーが拠り所だと考える者もいる。私にとっては独りになれる時間が拠り所だった」

「鶴谷さんも？　俺もです。独りになれる時間が無いとやってけなかった」

日に一度、必ず独りに戻れるという安心感があるから、神経をすり減らす人間関係の中にも飛び込んでいけたのだ。

「わかるよ。私もその時間を得るために独りで居続けたひとりだ。人よりも神経が細いんだろうな」

「はは。神経細いひとがジャーナリストなんて仕事続けていられます？」

「こら、図太けりゃいいってもんでもないんだぞ。とはいえ、もともと家庭を作ることに関心がなかったし、向いてないとも思っていた。独りを虚《むな》しいと思ったことはないし、まして淋《さび》しいなどと感じたこともない。むしろ独りでいられなくなるほうが怖い」

　不思議な言い回しに、無量はふと真顔になった。

「独りになるのが怖いってひとはよく聞きますけど……」

「……。女だから、というのもあるかな」

「女性だから？」

「女ってやつは男とちがっていつもリミットに追い立てられている。選択肢があるうちはずっと迷い続けなきゃならん。それが嫌だった。だったら、はじめから選択肢など持たない状況に自分を置いたほうが楽だと思ったんだろうな」

　風に吹かれている赤いのぼり旗を見やって、鶴谷は呟いた。

「家族やパートナーを持てば、忍耐も多いだろうがその分、人生も豊かになるんだろう。私みたいに仕事に集中するためにプライベートはシンプルでいたい、なんて思うのは、親世代からみれば、ただのわがままだろうな。理解されたいとも思わないが」

鶴谷は言葉の終わりにおどけた顔をした。

「なんてね。……面倒くさがりはきっと老後に苦労する」

無量は小さく笑った。

「俺もっす」

鳥居の並ぶ参道を戻りながら、無量は「しかし謎ですね」と言った。

「神足《こうたり》氏ほどの政治家が、なんで江戸時代の土人形の持ち主なんか探すんですかね。よっぽど思い入れがある人形なのか。そもそも、どうやって手に入れたんすかね」

「焼けた痕跡《こんせき》がある、というのが引っかかってる」

鶴谷は目の付け所がちがった。

「土人形が焼けた原因はなんだと思う？」

「確か、上屋敷は火事で焼けて、野っ原になったんすよね。その時の火事？」

「現場から出土したほうの遺物に、焼けた痕跡はあったか？」

無量は少しまじめな顔になり、

「そういえば一個も焼けてなかったな。……保管されてるコンテナボックスあさって出土した遺物の土人形をひととおり確認したけど。つまり火事の前に廃棄されて埋められてたってことか」

「ということは、屋敷の火事は関係ない。か」

手がかりというにはほど遠い。

やはり心当たりのある者からの連絡を待つしかない。

＊

それは思いの外、早くやってきた。

土人形に見覚えがあるという人物は、商店街の近所に住んでいた。

かつてその界隈《かいわい》で割烹《かっぽう》料理屋を営んでいたという八十代の年配女性だ。

名は、新田《にった》チヨという。

「子供の頃によく遊んでたから覚えてるわ。いま公園になってるところの土を掘るとよく出てきたのよ。まあ、宝探しね。見つかると、でたでたって大喜びして」

土から出たものだったと聞いて、鶴谷と無量は納得した。

やはり大名屋敷の遺物だったにちがいない。

「それはどこかにとってあったりしますか」

「もうとうにないわねえ。家も空襲でみんな焼けちゃったし……」

「空襲」

ふたりとも、ぴん、ときた。あの焼けた痕。

土から一度掘り出されていたものが、空襲で焼けた、という可能性もある。

「他にどなたかいませんか。いっしょに掘ったお友達などは」

「いるわよ。でも、もう連絡をとってないし、亡くなってる方もいるしねえ」

　このままでは即暗礁に乗り上げそうだったので、鶴谷は機転を利かせた。

「当時の写真のようなものは残ってませんか。お友達と撮ったものは」

「そうねえ……。疎開先で撮った写真が、たしか一枚」

　チヨは奥から古いアルバムを持ってきた。

「赤城山《あかぎさん》のふもとにある村のお寺に学童疎開をしたんです。そのときの写真です」

　白黒の集合写真だ。どこかの古い木造校舎を背に、大勢の子供たちと村の人々らしき大人たちがいっしょに写っている。

　ふと鶴谷は気づいた。

　この写真、どこかで見たような気がする。

　左隅に、中太田《なかおおた》国民学校とメモ書きがある。日付は昭和二十年四月六日。学校名にも覚えがある。なにかで見た。

「この列の右からふたりめが、私です。その斜め左にいるのが親友のサトちゃん。手前がヨウちゃん。幼なじみで三人で毎日遊んだものです」

「宝探しも？」

「ええ。土人形掘りをしたのも、この三人。いつもいっしょでしたわ」

　ふっくらとした頬の少女たちだ。ヨウちゃんはおかっぱで、チヨとサトちゃんがお下げを結っている。チヨはなつかしそうに褪《あ》せた写真をそっとなぞった。

「亡くなったというのは、どちらですが」

「サトちゃんのほうね。もう二十年前くらいになるかしら。ガンをわずらって」

「ヨウちゃんの消息は」

「それが……おうちが空襲で焼けてご両親が亡くなって。親戚《しんせき》のおうちに引き取られていったと聞いてます。その後どうされたかしら」

チヨの中でのヨウちゃんの記憶は、この写真で止まっている。大人になったヨウちゃんの姿を、チヨは知らない。

「ヨウちゃんは少し大人びた子で、お習字がとても上手だったわ。おとなしかったけど芯《しん》の強い子で、そうそう。疎開先の地元のガキ大将と一対一で勝負したこともあるの」

疎開先では地元の子供との交流もあった。

いっしょに山へ薪をとりにいったり、畑仕事をしたりもしたという。

「いま思えば、なまっちょろい都会の子供となめられていたんでしょうね。なにかで地元の子と対決することになってしまって。だけど、ヨウちゃんはおじいさまが柔道の師範で幼い頃から叩《たた》き込まれていたので、体の大きなガキ大将を投げ飛ばしてしまったの」

小柄なヨウちゃんの一本背負いが決まって、田舎の子供たちは口をあんぐりとあけていた。

「あれは痛快だったわぁ」

とチヨは笑った。

集団疎開の生活は一年以上続いた。

自由のきかない集団生活はつらいことも多かったが、それだけではなかった。

不安と淋しさの中で励まし合った子供たちの結束は強かった。

下谷の町は空襲で焼け野原になってしまい、チヨの家も焼け、戦後は一家で大変な苦労をすることになるが、疎開先での思い出はそんな時代にささやかな明るさをともなって、チヨの記憶に刻み込まれていたのだ。

「そうだわ……。いま思い出した。私たち三人、疎開先にあの土人形を持っていったの。先生にないしょで」

「本当ですか」

「ほんとうはだめなの。ほんとうはね。あれはどうしちゃったかしら」

この土人形ではありませんか、と訊《たず》ねたが、そうであるようなちがうような。

「そうだわ。……戦争が終わって、私たちはようやく東京に帰れることになって。お別れ会で最後に地元の子たちと肝試しをしたんだわ。そう、私たちの土人形よ。かわりばんこにお墓の裏のお堂に埋めて、それをとってこられたら成功だって」

家族の安否もわからず、引き取り手のいない子もいた。

ヨウちゃんは居残り組だったという。家族のもとに帰れる友達をうらやましく思っただろうし、友との別れもつらかった。

そんなそれぞれの複雑な気持ちを察して、例の地元のガキ大将が言い出したのだ。

「怖かったわぁ……。地元の子とふたり一組で夜のお墓を提灯《ちょうちん》をもって歩いてね。怖かったけど、楽しかった。あのあと食べた柿が本当に甘くて美味《おい》しかった」

遠い思い出を辿《たど》るチヨの目は潤んでいる。

「そのガキ大将が国定忠治《くにさだちゅうじ》の寸劇をしたわ。みんなで大笑いした。ヨウちゃんも笑ってた。戦争も空襲もまるでなかったかのように。別世界の出来事のように。……ずっとあの時間が続けばいいと思ってた」

東京に戻り、その幼い瞳《ひとみ》に映った現実は、過酷だったにちがいない。

するとチヨは我にかえり、

「あら、ごめんなさい。長々と昔話なんかしちゃって」

「よかったら、疎開先だったお寺の名前を教えてもらえますか」

鶴谷が言った。

「ちょっと確かめたいことができたようです」

チヨは寺の名前を教えてくれたが、場所の詳細はわからないという。なにせ七十年以上も前の話なので、どこの村だったかもよく覚えていなかった。

「なに、そこから先を調べるのは、私の仕事です。ありがとうございました」

チヨは穏やかに微笑んだ。

樹齢を重ねた年輪のように、しわの刻まれた目元が優しかった。

＊

翌朝、さっそく鶴谷からチヨの疎開先に行くとのメールがきた。

昨日の今日だったので無量は慌てた。フットワークのよさには驚くばかりだ。

一緒に来るか、と聞かれたので急いで支度をした。

「ここまできたら乗りかかった船ですから。最後までつきあいますよ」

「悪いな。おまえさんがいてくれたほうが、何かと助かる」

鶴谷の運転する車で向かった先は、上州《じょうしゅう》・赤城山の西麓《せいろく》だ。

山は紅葉に染まっている。

街よりも季節がひとつ進んでいるようで、車を降りるとひんやりとした空っ風が無量たちの首筋をわななかせた。

チヨたちが集団疎開した村にあたりをつけて、さっそく訪れた先は、赤城山のなだらかな裾野《すその》に見渡す限りキャベツ畑が広がっていた。

まっすぐにのびる農道の先に、赤城山が鎮座する。

眺めのよい高原の集落で、疎開先の寺を探すことになった。

寺の名は「長命寺《ちょうめいじ》」という。

検索にもなかなかひっかからなかったので、記憶ちがいを疑ったが――。

「チヨさんの小学校から集団疎開した先が、この地域だというのは、まちがいない。地元のひとに訊《き》くのが早いかもしれない。とりあえず、役場に行ってみよう」

長命寺の場所は意外にも早く判明した。

ただ今はもう跡取りがいなくなって、無住寺になっているという。

かろうじて建物はあって、盆や彼岸にはよそからきた住職が法事をするが、それ以外は閉めていて、集落の人々が管理しているという。

キャベツ畑のゆるやかな斜面に、こんもりと木々に覆われた一角がある。

長命寺の本堂はそこにあった。

「いい眺めっすね……」

裾野がなだらかで富士山麓を思わせる一帯は、さえぎるものがない。利根川《とねがわ》の河岸段丘が遠くにみえて、片品川《かたしながわ》をはさんだ対岸が沼田《ぬまた》の町だという。はるか遠くには雪をかぶった武尊山《ほたかやま》が顔を覗《のぞ》かせている。

「〝赤城の山も今宵《こよい》かぎり〟……か」

鶴谷の言葉に「なんすかソレ」と無量が反応した。

「知らないのか。国定忠治」

「ああ……あれでしょ。食いねぇ食いねぇスシ食いねぇってやつ」

「それは森《もり》の石松《いしまつ》。清水次郎長《しみずのじろちょう》の子分」

「えっ。ちがいましたっけ」

「〝赤城の山も今宵かぎり。縄張りを捨て国を捨て、かわいい子分のてめえたちとも別れ別れになる首途《かどで》だ〟」

役者のように節回しまでつけるものだから、無量は思わずふき出した。

「意外にうまいっすね。鶴谷さん」

「学芸会でやらされた。侠客《きょうかく》を児童にやらせるとは、とんでもない学校だったな」

ごめんください、と言って庫裏《くり》に声をかける。

が、さすがに平日の昼間は法事もなく、人気は無かった。

本堂はなかなかの広さだ。建て構えも古いから、地域の文化財に指定されていそうだ。が、無住寺のさがなのか、大きな瓦屋根《かわらやね》からは雑草が生えている。

「お寺になにか用かね」

そこへトラクターが通りかかった。

運転しているのは、麦わら帽子をかぶった年配男性だ。よく日焼けした褐色の肌には深く皺《しわ》が刻まれていたが、矍鑠《かくしゃく》としていて現役感がみなぎっている。

「ちょっと伺いたいのですが、戦時中、集団学童疎開で宿舎になっていたお寺を探しています。こちらでまちがいないでしょうか」

「ああ。なつかしいね。そのとおりだよ」

トラクターを止めて、住民の男性が答えた。

「東京の学校から来た子たちがここで二年ばかり暮らしてたよ。俺はまだ学校にあがる前だったからあまり覚えてないが、少し上の子供たちが大勢来て賑《にぎ》やかだったね」

「地元の子供たちとも交流があったそうですが」

「ああ、肝試しとか薪拾いとかやったねえ。でも、かわいそうに、親が空襲で死んで引き取り手がなくて村に残ってた子もいたなあ」

鶴谷は無量と顔を見合わせた。

「少し境内を散策させてもらってもいいですか」

「いいよ。当時の写真が見たかったら公民館で見せてもらえるよ」

親切に告げて去っていく。

無量たちはあらためて境内を見た。大きな杉が四、五本。当時もあったのだろう。

隣には墓地がある。どうやらそこが肝試しをしたところのようだった。

「確か、裏にお堂が……」

あった。墓地をはさんで反対側に古びた小さなお堂がある。

ふたりは肝試しの道をなぞるように向かった。

格子戸の向こうに白い地蔵像らしきものが座しているようだが、暗くてよく見えない。

鈴からは赤い鈴緒が何本も延びて、束ねられている。奉納者の名が記されている。

ひとつひとつ読み取っていると、

「鶴谷さん」

お堂の裏手に回った無量が手招きした。

日当たりの悪いお堂の裏は鬱蒼《うっそう》としていて、足元には苔《こけ》が生えている。無量はしゃがみこんで、じっと苔を——いや、地面を見つめている。

「どうした。何かあるのか」

鶴谷の声に反応するように、無量が突然、素手で土を掘り始めた。

なんの目印もない場所だったので、鶴谷が驚いていると、無量の手がぴたりと止まった。

「あった……」

土の中から無量が掘り当てたのは、小さな土人形だ。

よく見ると、ひょっとこの顔をしている。

「江戸在地産、土師質《はじしつ》。暗橙褐色《あんとうかっしょく》、前後型貼り合わせ、バリヘラ削り……。あのおかめと同じシリーズっすね」

「見つけたのか……。そんな一発で」

鶴谷は絶句した。

驚くよりもあきれた。

「ったく、さも当たり前みたいに見つけるんだからな……」

無量は手にした土人形を鶴谷に見せた。

「見つけ損ねた分がまだ埋まってたみたいすね。でも七十年か……。コイツ的にはやっと見つけてもらえたってとこかな」

「佐竹の上屋敷から出てきた遺物と同じか」

「はい。まちがいないと思います」

チヨたちが肝試しのために埋めたものだろう。

鶴谷は掌《てのひら》の土人形をじっと見下ろしている。

「なんとなく読めてきたかもしれない。無量、公民館に行ってみよう。当時の写真があると言っていた」

了解っす、と無量は立ち上がった。

車で再び村の中心部を目指した。

信号待ちで止まったときだ。無量がなにげなく視線を向けた先に商店がある。その店先に貼ってあるポスターに気づいた。

目が釘付《くぎづ》けになった。

「鶴谷さん、……あのポスター」

政治家のポスターだ。

スーツ姿の中年男性が嫌味なほど爽《さわ》やかな笑顔でガッツポーズを決めている。その横には「今こそふるさとのために」というキャッチコピーがつけられている。地元の政治家が支援者宅に配ったもののようだった。

「……神足《こうたり》……って書いてありますけど」

「息子の秀一だ」

鶴谷はとうに気づいていたのか、視線すら返さなかった。

「ここは神足巌《いわお》・秀一親子の地元選挙区だ」

うそでしょ、と無量は思わず身を乗り出した。

「じゃ、巌氏があの土人形を手に入れたのも……！」

鶴谷はハンドルを切った。

「それをこれから確かめにいく」

公民館にはその当時の村の史料が保管されている。

学童疎開の記録も残っていて、パネル展示がしてある。

当時の様子が写真で紹介されている。

小学生の男女が大勢いる。勉強する姿、ひしめきあって風呂《ふろ》に入る姿、食事をする姿、畑仕事をする姿……、当時の共同生活の様子がフィルムに収められている。

チヨが持っていた集合写真もあった。

中太田国民学校とある。

鶴谷はその写真に見覚えがあるような気がしていたが――。

「そうか……。思い出した。神足巌《こうたりいわお》氏の資料でみたんだ」

巌はこの村の出身だった。終戦の年に国民学校初等科の六年生だったはずだ。

おそらくチヨたちとは交流会で出会っている。

「じゃあ、あの土人形はチヨさんたちからもらったってこと？」

「たぶん」

　だが、チヨにはその記憶がない。

　ふたりの幼なじみがいた。彼女たちかもしれない。

「確か、巌氏の自伝によると、小学生の頃の巌氏は村の子供を仕切るなかなかのガキ大将だったらしい。子供ながらに義侠心《ぎきょうしん》があり、弱い者の味方をするから、村の大人たちは国定忠治になぞらえて〝子供忠治〟などと呼んでいたそうだ」

　ガキ大将と聞いて、無量はチヨのあの話を思い出した。

　ヨウちゃんが一本背負いで投げ飛ばしたという。

「……。そうか。巌氏が依頼してきた本当の意味がやっとわかった」

　色褪《いろあ》せた古い写真を眺めて、鶴谷が言った。

「巌氏は、あの土人形が誰のものなのか探せ、と言いたかったんじゃない。あの土人形の主《あるじ》が、いまどこで何をしているのか、探してくれ、と言っていたんだ」

　無量もようやく合点がいった。

　お堂の裏から掘り当てたひょっとこの土人形をポケットから取りだしてみる。

「なるほど……。そういうことか」

「そうとわかれば、ここから先はいつもの仕事だ」

　鶴谷は、写真に写る子供たちをひとりひとり、目に焼き付けるように見つめた。

七十年越しのひと探しだ。

＊

それから二週間が経った。

鶴谷が訪れたのは、目黒にある神足《こうたり》邸だった。

調査結果を伝えるためにやって来た。

息子の秀一は、地元後援会との会合があり、留守だという。

出迎えたのは孫の沙樹だった。

通された応接室には暖炉やシャンデリアといった重厚な調度品が揃っている。今までたくさんの政治家や官僚と面談してきたであろうその部屋には、昭和からこの国を動かしてきた者たちの毒気や気迫が染みこんでいるようだった。

鶴谷は、大きなソファーテーブルをはさんで沙樹と向き合った。

「まずはこちらをお返しします」

鶴谷が箱をテーブルに置いた。

中に入っているのは、おかめと恵比須の土人形と泥メンコだ。

沙樹は政治家の娘らしく、利発そうな黒い瞳《ひとみ》をしている。行儀良く一礼して、

「探し出せましたか」

と問う。

鶴谷は集合写真のコピーを差し出した。ある少女に丸がついている。

「藤原洋子《ふじわらようこ》さん」

鶴谷は指さした。

「こちらが、この土人形の持ち主だった方です」

チヨの幼なじみ――ヨウちゃんのフルネームだ。

「東京の下谷にある七軒国民学校の六年生でした。昭和十九年に群馬県旧勢多《せた》郡敷島《しきしま》村に学童疎開しています」

「おじいさまの生まれた村です。赤城山のふもと」

「はい。巌氏とはそちらで出会ったようですね」

「藤原……洋子さん。どうして、これがその方のものだと？」

「ご存命の同級生を探して、証言を得ました」

巌の同級生も探しだし、特に仲の良かった者から当時の詳しい話を聞くことができたのだ。

「小学生だった巌氏は、こちらの洋子さんに一本背負いで投げられて以来、頭があがらなかったようですね。子供忠治が唯一勝てない相手だ、女忠治だ、と呼ばれていたとか。お別れ会で行った肝試し大会では、洋子さんとふたりでお墓をまわったと」

「そんなことまでわかったんですか」

「子供の頃の記憶は、案外、大人になってからのものより、よく残っているようです。当時は子供とはいえ、男女がいっしょに行動することなど滅多になかったそうですし、まして都会の子です。印象深かったんでしょう」

　子供忠治と女忠治、めおとだめおとだ、とさんざん冷やかされたという。

「洋子さんは、空襲で家族を亡くされたので、最後まで居残っていたそうです。ようやく親戚《しんせき》の家に引き取られることが決まって、地元の子たちが駅まで見送りにいったのです。餞別《せんべつ》に思い出の品を交換したのを、同級生が覚えていました」

　チヨたちは先に東京に戻っている。

最後まで居残った疎開組が、ヨウちゃんだった。

「この土人形は、洋子さんとその友達のチヨさんとサトさんが、下谷の大名屋敷跡から掘り当てた江戸時代のものです。チヨさんとサトさんはもう疎開先にはいませんでしたから、やはり渡したのは洋子さんでしょう」

「すごいわ……。そんなことまでわかるなんて」

「こちらが洋子さんの、その後の経歴です」

　鶴谷はきれいに箇条書きされた書面を差し出した。

名古屋《なごや》にいる親戚に引き取られた洋子は、中学卒業とともに働きだし、大阪の繊維工場に勤めている。

　その後、転職して兵庫県西宮市《にしのみやし》で事務員となった洋子は、二十一で退職。

靴底製造会社の跡取り息子と結婚し、三人の子を儲《もう》けた。小さな町工場だった会社はベビーラッシュの波に乗って子供の運動靴を扱うようになり、あっというまに大きくなったが、大手に買収されるなどして波乱も多かった。

四十五歳で夫に先立たれ、阪神淡路《はんしんあわじ》大震災で工場が焼け、再建を果たすまで働きづめだったという。だが、たくさんの孫たちに囲まれ、晩年は穏やかなものだった。

「……晩年、ということは」

「おととし、亡くなったそうです」

沙樹は肩を落とした。そうですか、と小さく答えた。

後ろを振り返った。

「……だそうですよ。おじいさま」

応接室には、隣に控えの間があった。

そこと繋《つな》がる扉が少しだけ開いていたことに、鶴谷も気づいていた。

現れたのは、車イスに乗った白髪の老人だ。

いかつい顔をしている。眉《まゆ》が太く、頰が垂れて、迫力のある異相だ。

神足巌《こうたりいわお》だった。

「見事な仕事だ。鶴谷くん」

今の今まで鶴谷の報告を隣の部屋で聞いていたのだ。

「お久しぶりです。神足さん。起きておられて大丈夫なのですか」

「足腰は多少なまっているが、私は元気だよ」
政治家としてほぼ毎日のようにテレビや新聞で顔を見ていた頃よりは、だいぶ老けて、髪も薄く、体もひとまわり小さくなったようだ。まぶたが垂れて目も小さくなったが、身にまとう風格は変わらない。

それどころか、年を重ねてよりいっそう深みをましたようだった。

鶴谷の脳裏に浮かんだのは、樹齢百年を超える盆栽の松だ。朽ちて剝《む》き出しになった白骨のような太い幹を、龍《りゅう》の胴体のようにうねらせる、威厳を湛《たた》えた老松の姿だった。

「名前も記していない土塊《つちくれ》から、よくぞそこまで調べ上げたものだな」

「よくできた友人が知恵を貸してくれました。もつべきものは友です」

「なるほど」

執事が車イスを押し、巌はテーブルのそばまでやってくる。

写真を手に取った。

「……藤原洋子。それがヨウちゃんの本名か」

「藤原は旧姓。結婚して松野《まつの》さんになりました」

「そうか」

しみじみと、神足は写真を見つめた。

「最後まで苗字《みょうじ》も聞けなかった。田舎の子供だ。まして連絡先など……」

「初恋だったのよね。おじいさまの」

沙樹がいたずらっぽい目をすると、巌は「こら」と達磨《だるま》大師のような顔をした。

「そんなやわなもんじゃない。私が初めて結婚を申し込んだ女だ」

え！　と鶴谷は目を丸くした。

「婚約していたんですか！」

「おお、一方的にな」

巌はそう言って、目をたわめた。

「……同級生の話はおおむね合っているが、この土人形については不正解だな。これを受け取ったのは、駅で見送った時ではないよ」

「ではいつ」

「私が国会議員に初当選したときだ」

鶴谷は真顔に戻った。

巌も、かつて国会の答弁でよく見せた、真摯《しんし》な眼差《まなざ》しになった。

「当選祝いとして事務所に送られてきたものの中に、ささやかな小包があった。差出人の住所はなく、名は〝赤城山の女忠治〟とだけ記してあった。私にはすぐにわかったよ。ヨウちゃんからだと」

ヨウちゃんは報道を見て、この眉毛《まゆげ》の太い新人議員が「赤城の子供忠治」だとすぐに気づいたのだろう。

箱に入っていたのはおかめとえびすの土人形と人面の泥メンコだ。

短い手紙が添えてあった。

〝空襲で焼けた家の跡で見つかったものです。
日本を「もう二度と戦争しない国」にしてください〟

土人形にあった焼けた痕跡《こんせき》は、無量の見立てどおり、空襲の炎で焼かれたものだったのだ。

「そうだったんですか……」

東京に戻ったヨウちゃんが、焼け野原になった自宅の敷地でやっと見つけたものが、これだったのだろう。家族は皆、犠牲になった。

家だけではなく家族との思い出を語る品物は皆、焼けてしまった。

その悔しさと悲しさと虚《むな》しさをこの土人形にこめて、ヨウちゃんは巌に訴えたのだ。

時代はおりしも、安保反対の学生運動まっさかりの頃だった。

日本がまた軍隊をもって戦争をするようになるのではないか、と恐れていた若者たちが声をあげ始めた。いまわしい時代に後戻りはしたくない、と。

ヨウちゃんもそんな若者のひとりだったかもしれない。

切実な願いを、託したのだ。

「あの最後の夜……」

ヨウちゃんと別れが迫っていた最後の夜。

巌は長命寺に赴いて、ひそかにヨウちゃんをあのお堂に呼び出したという。

「家族が消息不明になって以来、ヨウちゃんの顔からは笑顔が消えた。私を投げ飛ばしたときの、あの不遜《ふそん》な笑顔も二度と見ることはできなかった。肝試しの時も」

無表情で、ずっと暗く塞《ふさ》ぎ込んでいる彼女に、声をかけられる者はいなかった。

仲の良かったチヨたちですら、声をかけられなかった。自分たちの親は生きている。便りもあるし、帰るところがある。それが気まずかった。家族の安否もわからないヨウちゃんにどう声をかけていいのか、わからなかったにちがいない。

巌は別だった。

巌は疎開者ではない。だから遠慮がない。

最後の夜、ヨウちゃんは家族を失った悲しみを悔しさを、米国への怒りを、感情にまかせて巌にぶちまけた。この先の暮らしへの不安を吐露した。

ヨウちゃんがああまで誰かに胸のうちを明かすのは、初めてだったのだ。

巌は全部受け止めた。受け止めたあとで、言ったのだ。

——なら、俺の嫁になれ。

迷いなく告げた。

——この村に残って俺の嫁になったらいい。

「あの時のヨウちゃんの顔は忘れられん」

巌はどこかのどかな眼差しをして、呟《つぶや》いた。

「きつねにつまれたような顔をしていた。こっちは真剣なのに、と怒られたから、俺も言い返してやった。こっちも大真剣だと」

巌は肝試しの時から持っていた「ひょっとこの土人形」をお堂の裏に埋め始めた。

なにをしているのか、と聞いたヨウちゃんに、巌は言った。

――俺の気持ちは、いまここに埋めた。俺の嫁になってもいいと思ったなら、このひょっとこを掘り返して俺のところに持ってこい。

赤城山の右肩には満月が出ていた。

あの月が証人だと、巌は言った。

――おまえにとっちゃ、赤城の山も今宵《こよい》限り。だが、俺の気持ちはここに埋まってる。ずっとずっと埋まってる。つらくなったら、いつでもここに来い。俺の気持ちを掘り起こしに来い。俺はここでおまえを待つ。おまえはひとりじゃねえんだ。

月を背にしたヨウちゃんは、泣いているようだった。

何度もうなずいていた。

「……ヨウちゃんがいなくなってから、俺はあのお堂にも行かなくなった。ヨウちゃんが今日あのひょっとこを掘り返してくれるんじゃないかと。明日《あした》掘り返してくれるんじゃないか。そんなことはありえないと思いながらも、待っていたんだ」

巌は穏やかな目をしている。

「私が政治家を志したのは、ヨウちゃんのような悔しい思いを、もうこの国の誰にもさせたくなかったからだ」

議員に初当選したあと、送られてきた土人形の中に「ひょっとこ」はなかった。

だが、巌は受け止めた。

自分にこの道を進ませたひとの、願いを。

「……そうか。あのひとはしっかりと歩き続けたんだな」

激動の時代の波にもまれながらも、人生をまっとうした。

巌は洋子の人生に、自分の人生も重ね合わせて、来た道を振り返るように噛《か》みしめている。

道はもう二度と交わることはなかったけれど、遠く離れた別々の場所で、ひたむきに歩き続けたその長い道のりに思いを馳《は》せ、巌は安堵《あんど》し、満足したようだった。

「ならば、よかった……」

この国を動かす政治家として泥臭く生臭く苛烈《かれつ》で露骨な権力闘争に明け暮れた男の脳裏には、きっとどこかで地道に暮らしているヨウちゃんの面影があっただろう。そういう人間のために、という気持ちが心の底にはあったにちがいない。

「神足《こうたり》さん、もしよかったら、来週、散歩にいきませんか」

鶴谷の突然の申し出に、巌も沙樹も目を丸くした。

「散歩、だと……？」

「はい。少し足を延ばしてもらうかもしれませんが」

巌と沙樹は顔を見合わせている。

窓から差し込む陽光が、色褪《いろあ》せた絨毯《じゅうたん》に窓枠の細い影を落としている。

*

鶴谷が指定したのは、目黒の神足邸からも近い、老舗《しにせ》のホテルだった。

散歩と呼ぶには少し遠いが、車イスで往き来できない距離でもない。

「今日もお加減はよろしいようですね」

ロビーで出迎えた鶴谷に、巌は怪訝《けげん》な顔をしている。

「……なにを企《たくら》んでいるんだね」

「企んでいるとは、人聞きが悪い。先日の調査を手伝ってくれた友人が、あなたにご挨《あい》拶《さつ》をしたいというので」

「そのためにわざわざ呼び立てたのかね」

巌の車イスを押すのは、沙樹だ。鶴谷は秀一のおぼえがめでたくないので、目撃されると厄介だ。外で会うのは気が引けたが、今回は特別だ。

「どうぞこちらへ」

巌をつれてやってきたのは、庭だった。

美しい日本庭園で知られていて、回遊式の池を囲むよく手入れされた木々が美しい。車イスでも巡れるようになっており、三人はささやかな滝の近くにある東屋《あずまや》へとやってきた。

若い男女が待っている。

呼びかけられて立ち上がったのは、小柄な若者だ。無量だった。そのそばには、萌絵もいる。

さらに、もうひとり。

巌は目を見開いて茫然《ぼうぜん》とした。

「……ヨウちゃん……」

無量たちと一緒にいた若い女性が、こちらへ頭を下げた。

細面の小作りな顔立ちをしている。髪をハーフアップにして服装も今風のチュールスカートを穿《は》いているが、小柄な容姿はかつての藤原洋子にそっくりだったのだ。

「これはいったい、どうしたことだ……」

「上野《うえの》由依《ゆい》さん。洋子さんのお孫さんです」

はじめまして、と由依は微笑みかけてくる。

言葉もなかった巌だったが、やがて顔をほころばせ、笑みを浮かべた。

「ああ……ああ……よく似てる。顔立ちもそっくりだ。あのヨウちゃんが成長して会いに来てくれたのかと思ったよ。本当によく似ている」

わざわざお招きくださったんですか、と沙樹が鶴谷に問いかけた。

「はい。神戸《こうべ》のご自宅に伺って一連の経緯をお話ししたところ、ぜひ巌さんにお目にかかりたい、と仰《おっしゃ》ってくれたので」

鶴谷なりのサプライズだったのだ。

無量と萌絵も手伝って、今回の東京行きをセッティングした。

「祖母から神足《こうたり》さんのお話は聞かされていました。それはもう何度も何度も」

元総理大臣だった男を前に、由依は緊張していたが、嬉《うれ》しそうだった。

テレビで神足が映ると、そのたびに洋子は昔話をしてくれたと。

――ばーばとこの方は、子供の頃、疎開先でお友達やったんよ。ばーばが一本背負いで投げ飛ばしたの。

総理大臣を投げ飛ばしたの？　と幼い由依が聞くと、洋子は「そうよ」と自慢げにしていた。

――じーじよりも先にプロポーズだってされたんやから。

巌は面映《おもは》ゆそうにしながら、目を細めた。

「そうだったかい……。洋子さんが」

由依の母はもっとたくさん、ことある毎に聞かされた。

派閥争いでライバルを蹴落《けお》とし、のしあがる巌を新聞が悪者のように書き立てた時も、総理大臣になってさんざん叩《たた》かれた時も、洋子はいつも変わらず応援した。誰の前でも恐れずに擁護して、いつも味方をしていたという。

——神足《こうたり》さんは義侠心《ぎきょうしん》のある方よ。弱い者の味方なの。国定忠治みたいに。

「祖母が応援していたので、私もいつのまにか、神足さんのファンになっていました」

支持者ではなく「ファン」という軽やかな言葉を使った由依に、巌は胸が熱くなったのだろう。好々爺《こうこうや》のまなざしになって、何度もうなずいていた。

「これ、祖母が生前大切にしていたものです」

由依が差し出したのは、木製のコマだ。

「餞別《せんべつ》にいただいたものだと聞いております」

巌は受け取って、掌《てのひら》に包み込んだ。

色づけした部分がはがれ、芯《しん》も削れてすっかり丸みを帯びている。子供の頃、よくまわして遊んだコマだった。

「なつかしい……。私の喧嘩《けんか》ゴマだ。このコマで負けたことがなかった」

「そんな大事なものをあげてしまったんですか？」

鶴谷が聞くと「ああ」と巌はうなずいた。

「一番大事なものだったからな」

巌の目にうっすら涙が滲《にじ》んでいる。

「ずっととっておいてくれたんだなあ。ずっと……」

洋子のぬくもりを感じようとするかのように、巌は皺《しわ》だらけの指でコマを何度も愛《いと》しそうに撫《な》でた。

「ありがとう……」

激動の時代を強面《こわもて》で通した昭和の政治家だ。

その目に滲む涙をみて、無量たちも胸に迫るものを感じたのだろう。

あたたかな陽光が東屋に差し込んでいる。

穏やかな沈黙があたりを包んでいた。

「……君たちが、鶴谷くんの友人かね」

巌が無量たちにも声をかけてきた。

「世話をかけたね」

「いえ。それより俺、神足さんに謝んなきゃならないことが」

無量はそう言って、ポケットから緩衝材に包んだかたまりを取りだした。

「すいません。俺、掘り当ててしまいました」

ひょっとこの土人形だ。

あのお堂の裏で掘り当てた。

巌はしばし、ぽかん、としていたが――。

風船が割れるように、破顔した。

「ははは！　おい君、困るよ。ヨウちゃんが嫁に来られないじゃないか」

最後の夜に交わした約束だ。埋めた土人形は人生初のプロポーズをした証《あかし》だった。いつか洋子に掘り当ててもらうために埋めたのだ。

「まったく。なんでもかんでも掘り当ててしまうんだからな。宝物発掘師《トレジャー・ディガー》の悪い癖だぞ。無量」

鶴谷にたしなめられて、無量は肩をすくめた。

「なんなら俺を嫁にしてもらってもいいんすけど」

「ははは！　選挙カーで夫の応援演説ができるようになったら声をかけてくれ」

皆の明るい笑い声が庭に響いた。

池に映る雲を、あめんぼが滑るように横切っていく。

ささやかな航跡が、水面《みなも》に浮かぶ赤いもみじを揺らした。

「赤城の山も、今頃は紅葉まっさかりだな……」

巌はお堂の裏の土の匂いを思い出しているようだった。

子供忠治と女忠治。

故郷の思い出は遠ざかることなく、その心にいまも懐かしくこだまする。

この空は、あの時代に続いている。

神がかりの少年は笑った

亀石弘毅《かめいしひろき》が初めて西原無量《さいばらむりょう》を見たのは、彼が小学一年生の時だった。

地元ではちょっと有名な「化石発掘少年」だった。

恐竜や新種アンモナイトを発見したり、五歳児とは思えない記憶力で化石の名を覚えていたりしたことから、地元テレビ局にスーパー幼稚園児などと紹介されたこともある。

「あれがお孫さんですか……。将来有望じゃないですか、西原先生」

化石の発掘現場に亀石をつれてきたのは、西原瑛一朗《えいいちろう》だった。

考古学界の権威だった瑛一朗も、孫が可愛くて仕方なかったのだろう。

終始、目を細めていた。

「いやあ、発掘は発掘でも、古生物のほうにいってしまって……。どうやら祖父とも父とも別の道を歩んでいくようだ」

祖父は考古学者、父は歴史学者。おじいちゃん子である孫にはぜひ考古学を選んで欲しかった瑛一朗だが、思うようにはいかんもんだ、と苦笑いしている。

「私や父親の学問よりもスケールの大きい『生物の歴史』に興味を持ってしまったようですわ。案外、我々よりも大成するかもしれんなあ」

孫の成長を楽しみにしている、優しい祖父。

そんな様子だった。

子供用のハンマーを握り、岩壁を打つ手つきはいっぱしの化石愛好家だ。

「みてみて、おにいちゃん。サメの歯だよ。あげる」

もみじのような手が、亀石に太古のサメの化石をくれた。

「おお、すごいな。こんなのはじめてもらったよ」

にか、と歯を見せて笑う化石発掘少年は、心の底から楽しそうだった。

「無量、そろそろお水のみなさーい」

「はーい」

たすきがけにした水筒から水をこくこく飲む。

健やかな笑顔だ。

「きっと先生や藤枝《ふじえだ》さんに負けない立派な古生物学者になるんじゃないでしょうか。恐竜研究は日進月歩ですし、我々の古いイメージを塗り替えるような発見をしますよ」

「ああ。あの子なら、なれる。楽しみだ」

西陽が差す採石場跡で、瑛一朗は愛情に満ちた表情をしている。

あの小さな手がきっと将来、自分たちが見たこともない世界に連れていってくれる。

亀石も楽しみだと思った。

楽しみにしていたのだ。

*

無量と再会したのは、それから十年後のことだった。

十五になった無量は、笑顔を完全に失っていた。

母の裕子《ゆうこ》から相談をもちかけられて、亀石が福島に向かったのは雪の降る日だった。

新幹線の窓からは鉛色の雲が重く垂れ込めている山々が望めた。

西原家はいわきにあったが、今はもう家も売ってしまったという。

祖母の親戚《しんせき》がいる郡山《こおりやま》に家を借りたが、無量はその家にも住み続けることができなかった。祖父を避けて、母とふたり、福島の小さなアパートに住んでいた。

無量は引っ越し先の中学に通っていたが、次第に不登校になり、今は家に引きこもるようになってしまっている。

もう高校受験どころではない。

裕子は手を尽くしたが、心身ともに閉じこもってしまった無量の心の扉は容易には開かない。途方にくれて藁《わら》にもすがる想いで、瑛一朗の友人だった亀石に相談をもちかけてきたのだ。

当時の亀石は、亀石建設の発掘事業部から人材派遣の子会社を立ち上げたばかりだった。

家の近くの珈琲《コーヒー》屋で亀石と会った裕子は、心労が重なり、すっかり痩《や》せてしまっていた。

「……何度、皮膚移植の治療をしても傷痕《きずあと》がきれいにならなくて。大学の形成外科の先生もこれ以上はむずかしい、と……。ずっと手袋で隠していても周りの目が気になるのでしょう。年頃ですし」

七年前に起きた捏造《ねつぞう》事件のあと、瑛一朗が幼い無量の手を焼いてしまったことは、亀石も裕子から聞いていた。

目の前で化石発掘をしているのが許せなかったという。

捏造事件で世間から猛バッシングをくらい、瑛一朗は正しい精神状態ではなくなっていたのだろう。焚《た》き火をしていた一斗缶に、無量の右手を掴《つか》んで、突っ込んだという。

痛ましい話だった。あんなに可愛がっていた孫の手をどうして、と亀石はやりきれない。その理由が「発掘」だというのも腑《ふ》に落ちない。

遺跡発掘と化石発掘、名前は似ているが、対象も手法も全くちがう。道具だって似ても似つかない。

土木業と石材業くらいかけはなれているのに、なぜ。

見境が付かなくなっていたのか。「発掘」と名のつくものが皆、自分を追い詰めると思い込んだのか。

「無量くんの右手は動くようになったのですか？」

「リハビリをしていますが、前のように細かい作業はできません。箸《はし》もペンも左でもつよう訓練をしました」

いまは左利きになったという。

それも簡単なことではなかったのだろう。ヤケドだけでもつらいのに、日常生活の何もかもが思い通りにできなくなったことへのフラストレーションは半端ない。

祖父からの「虐待」の傷も癒《い》えないまま、すっかり無気力になってしまったという。

「このままではいけないのです。でもどうしたらいいのか、わからないのです」

裕子は憔悴《しょうすい》している。

……どうしたものか。

こんな形で祖父の捏造事件が、無量の将来に禍根を残すとは。

裕子は事件がきっかけで夫・藤枝幸允《ゆきのぶ》と離婚している。本来なら父親である夫に相談するところだが、それもできない事情があるのだろう。

西原家と亀石は、考古学会の会合で出会ってから十年来のつきあいだった。瑛一朗の発掘調査をセッティングしたことも幾度となくある。

あの事件が西原家にもたらした悲しい出来事を、他人事《ひとごと》にはできなかった。

「無量くんに一度会わせてもらってもいいですか」

アパートを訪れた時、無量は部屋に閉じこもっていた。

カーテンもあけていない。暗い部屋でうずくまり、ヘッドホンで耳をふさいでいる。不自由な手でもかろうじて扱えるポータブルゲームを延々とやっている。呼びかけても聞こえないのだろう。

裕子が近づいて肩を叩《たた》くと、無量は片方だけヘッドホンを外して、後ろを振り返った。

どろんとした鉛のような目に、亀石は息を止めた。

なんて暗い目だ。

「よっ。おじさんのこと覚えてるかい」

亀石は笑顔で呼びかけたが、無量はすぐにまたヘッドホンをしてゲームに没頭してしまう。

困った裕子が挨拶《あいさつ》するよう促したが、無量は無視した。途方にくれている裕子を亀石は気遣って「無理させないでいいから」と苦笑いすると部屋をあとにした。

「ずっとあんな調子なんです。まともな会話にもならなくて、何か話しかけても『あー』とか『うん』としか……」

「そうですか。こりゃあ重症ですね」

亀石の持ち味はポジティブさだ。そう振る舞うのが信条だ。

岩戸の向こうに閉じこもってしまった人間に、周りまで同調してしまっては、泥船に乗り込むようなものだ。

昔の西原家に溢《あふ》れていた笑顔は、もうない。

あれだけ沢山あった化石もひとつも残っていなかった。道具もない。無量はあの日以来ハンマーも握っていないようだ。化石に関わる資料も書籍も、宝物だった貴重な化石も全部、自分から捨ててしまったという。

「ヤケドもだが、心の傷のほうが、ずっと深いようだな……」

祖父は人間ではなくなった。鬼になってしまった。賽《さい》の河原で逃げ惑う子供のように、無量は祖父に怯《おび》えているという。「大好きだった祖父」はもういない。失ったのだ。化石を掘っていたせいで。

ひどい無気力だった。

十五の少年の目ではない。

亀石は駅前の居酒屋で、ひとり考えた。

サザエの壺焼《つぼや》きを爪楊枝《つまようじ》でつつきながら、考えた。

どうしたら、鉛の瞳《ひとみ》にかつての輝きが戻るのか。

無量の心はこのサザエと同じだ。貝の殻の奥に膝《ひざ》を抱えて閉じこもっている。

あの子の心をこの殻から引きずり出してやりたいのだが。

爪楊枝を無理に差し込んだら、ぽきりと折れてしまった。

無理強いをしても殻は固くなるばかりだ。引きずり出そうなんて思うのがそもそも間違いなのか。だが、なにをどうしたら自分から出てくる？　教育の専門家でも何でもない自分には、見当もつかない。

無心につついていたら不意に爪楊枝が蓋《ふた》の隙間に入り込み、くるり、と中身がとれた。煮汁がしみこんで、うまそうだった。

亀石はじっとサザエの身を見た。

「……つっついてみるか」

＊

この日、右手の定期検診で病院に行くという無量を、亀石は密《ひそ》かに待ち伏せた。

無量が外に出るチャンスはこういう時しかない。

もう何日も放置しているぼさぼさの髪に、着古した家着。肌は白く、ただでさえ小柄なのに、まともに筋肉もついていない体はガリガリで、肩の骨がやけに尖《とが》って見える。背を丸め、とぼとぼと歩く無量を、亀石は待ち構えていた。

「無量君、迎えにきたよ」

目の前に立ちはだかった亀石にも、無量はろくに反応しなかった。

「家まで送るよ。さあ、乗って」

「……。母さんは」

はじめて無量が口を開いた。くぐもった声でほとんど聞き取れなかったが。

「お母さんはこの後、学校に呼び出されたそうだ。君が登校しないので、今後のことを話し合うんだろうな」

　すると、無量は黙って亀石の横を通り過ぎようとした。

　亀石はサッと右腕を伸ばし、無量を片腕で通せんぼする。それすら避《よ》けて行こうとしかけた無量の後ろ襟を、亀石はネコでも摑むように引っ張った。

「なにす……っ。はなせよ」

「あれ。声が出るじゃないか」

「……なせって……っ」

　亀石は軽々と無量を抱き上げた。

　ひょろひょろの体は軽量なので、易々とお姫様だっこができた。

「やめ」

　身をよじり、足をばたつかせて抵抗するが、亀石はなんなく無量を車の助手席に押し込み、シートベルトをがちりとはめた。すぐにはずそうとする無量だが、慣れない車でもたついた。そうこうするうちに亀石は車を発進させた。

「んだよ、おっさん！」

「前みたいに、亀のおにいちゃんって呼んでくれよ。昔、いっしょに銭湯にもいった仲じゃないか」

　おぼえてるかい？　と聞いたら、無量は黙ってしまった。

　それきり貝のように口を閉じて、何も応答しない。だが体は正直だ。

ぐう、と空《す》きっ腹が鳴った。

亀石は「そうかそうか」とうなずき、向かった先は高速道路のインターチェンジだ。

無量は慌てた。家は高速道路に乗るほどの距離ではない。止める間もなく高速道路に進入してしまった。しかも「東京方面」とある。

「おっさ……なんのつもり！」

「いやこの先のサービスエリアのラーメンがうまいって聞いててね。どうせならそこで」

何がなんだかわからないうちに高速を一時間ほど走り続け、ようやくサービスエリアに入った頃には無量はもうぐったりしている。

ラーメンを物凄《ものすご》い勢いで食べるのを見て、亀石は少しほっとした。食べる元気があるなら問題ないと思えたのだ。人心地ついたところで亀石は切りだした。

「家の中にいると気分も腐るだろ。裕子さんが、学校の面談には来させないでいいから、それより気分転換をさせてあげてくださいって。……いいお母さんだな」

無量はすこぶる機嫌が悪い。居心地も悪そうだ。人が多くて、がやがやしているところが大の苦手なのだ。

車の中のほうが落ち着くとみた亀石は席を立った。

「出発しよう」

ドライブは思いの外、効果があったらしい。高速でのクルーズ感や流れる景色は、無量の塞《ふさ》ぎきった心にもいくらか刺激を与えたのだろう。決して自分からは何も話そうとしないが、少しだけ表情が和らいだように見えた。

快調にアクセルを踏みながら、亀石は口を開いた。

「十五歳というのは、昔でいうところの元服の頃だ」

無量が怪訝《けげん》そうにチラと見た。

「髪型をあらため、烏帽子《えぼし》をかぶり、氏神に大人になったと報告する。名前も変わる。江戸時代なら前髪を落として月代《さかやき》をそる。あのちょっとかっこわるいちょんまげは一人前の大人の証《あかし》だったんだなあ」

つまらないうんちくに、無量はまたそっぽをむいてしまう。

「……何が言いたいかというと、今の法律ではともかく、伝統ある日本の古いしきたりでは、君はもう大人ってわけだ」

「………」

「君は受験をする気はないようだけど、就職するのかな？」

無量は答えない。

「だって、そうだろ？ 一人前の大人なんだから親に食べさせてもらうわけにはいかないよね。学生になるんなら仕方ないけど、進学しないってことは働いて稼ぐ覚悟があるってことだろ」

無量が何か言い返そうとしかけたが、亀石は無視して、

「勤め先はまだ決まってないようだって裕子さんが言ってたから、君に働くところを紹

介しようと思ってね。今からさっそく現場を見てもらおうかと」

「なに勝手に……っ」

「まさか自分は働きもせず親に食わせてもらおうなんて虫のいいこと思ってないよね。一人前の男だもん。そんな手前勝手な理屈まかり通るわけないよね。元服したら大人なんだから当然、親を面倒みるほうだもんね。家に引きこもってても稼げる仕事をするんなら全然いいんだけど、あてがないんなら外に働きに出たほうが稼げるよ」

亀石は畳みかける。ただでさえ口下手の無量は反論できない。

ぐうの音も出ない無量に、亀石は駄目押しした。

「説教でもされると思ったかい？　まさか！　そんな親切なことはしないよ。俺は派遣事務所の所長でね。君に建築会社の現場仕事を斡旋《あっせん》しにきただけさ」

「現場……斡旋……？」

「きついけど、稼ぎはいいよ」

亀石はウィンカーを出して車線変更した。

「ガテン系ってやつだ。ニッカポッカはかっこいいぞ」

向かった先は、亀石建設が請け負っているショッピングセンターの建設工事現場だった。

亀石弘毅はまがりなりにも現社長の末弟だ。話はついていたようで、無量はヘルメットをかぶらされ、あれよあれよというまに「見学」が始まっている。クレーンが資材をつりあげ、作業員が手際よく鉄筋をくみ上げていく。ミキサー車が次々と出入りし「安全第一」の看板のもと一瞬たりと気が抜けない。

　無量は目を白黒させている。亀石の押しの強さにかなうわけもなく、周りの者が「明日《あした》から来る作業員」と勘違いして声をかけてくるではないか。

「すごいだろう。あんなでかい建物もこうやって人が作っていくんだよなあ。建物だけじゃない。目に映るものは全部、誰かが仕事して作ったんだ。君がいま着てるその服も靴も。さっき食べたラーメンも。俺たちをここに運んだ車も、車を動かす部品のひとつひとつ、全部誰かが手がけた。俺たちはみんな、誰かの仕事のおかげで生活できてるんだなあ」

　最初は圧倒されていた無量だが、だんだん暗い目つきになっていく。働く人々の姿は無言のプレッシャーを与えるのか。すっかりネガティブな感情に呑《の》まれてしまっている。少し荒療治が過ぎたかな、と亀石も内心焦ったが、無量だってわかっているはずなのだ。このまま何もせず引きこもっているばかりでは、先にあるのは闇しかない。将来は閉ざされるばかりだと一番よくわかっているのは誰よりも本人のはずなのだ。

　いま、無量は現実をつきつけられている。

　部屋の中は安全だ。誰にも傷つけられることはない。

　だがそこには未来がない。

未来がない安全な場所に逃げ込みながらも心はきっと焦っている。だが、出ていくのもこわい。きっかけも見えずどうしていいのかわからないのは誰よりも無量自身なのだ。だが誰にも手を差し伸べてやることはできない。決めるのは無量だ。無量が自分自身と向き合って葛藤《かっとう》して格闘して、自分自身で答えを出すしかないことなのだ。

「ほら。飲めよ」

自動販売機で買った缶コーヒーを、亀石は無量に投げた。

日はもう落ちた。一日の作業が終了し、作業員たちも帰っていく。

真冬の現場はしんしんと冷え込んでいる。

車も人もいなくなって活気が失われると、場の熱も下がるのか、あたりはますます底冷えした。

カイロ代わりの珈琲《コーヒー》で軍手をはめた掌《てのひら》を温めながら、亀石が向かったのは、まだ工事に手をつけたばかりの第二エリアだ。掘削が始まったばかりで、がらん、としている。

残っている灯《あか》りを頼りに亀石は階段をくだり、地下部分へとおりてきた。

雪がちらつき始めた。

剝《む》き出しになった垂直の土壁は、二メートルほどある。

亀石はそれを眺めて「うん。いいね」とうなずくと、ついてきた無量を振り返った。

「この壁。色の違う土が層になってるのが見えるか？　もし見えたら、ちょっと、こいつでその境目をなぞってみてくれよ」

亀石からボールペンを渡された。

無量は暗い目をしている。

意図不明ながらも渋々と言われた通り土壁に向かい、見つめた。

動くのは早かった。

たちまち色の違う土層の境目をペン先でなぞり始めたのだ。

亀石は驚いた。

土を見分けるのはそう簡単なことではない。色の微妙なちがい、粒の粗さ、粘度……。

素人にはパッと見ただけでは簡単に見分けなどつかない。だが無量はその特徴をよく捉《とら》え、何種類もある土を見分けて層序を正確になぞっていく。

すごい……。

亀石は舌を巻いた。

無量は土層が読める。

しかもベテラン調査員並に正確だ。

幼い頃から化石発掘をして岩石や土砂、そういうものを見る目を養ったのだろう。その性質もちがいも理解しているからできる離れ業だ。一目見ただけで、この場の土層を全て理解してしまったのだ。

無量がペンを返した。

土壁にはくっきりとミルフィーユのような線が幾重にも描かれている。複雑な土の層序がきれいに図式化されている。

亀石は見とれた。まるで何かのアートのようだ。

この少年、やはり、ただ者ではない。

土を熟知するこの才能、このまま埋もれさせるのは、惜しい。

「ん？　どうした？」

ふと気づくと、無量が土壁の一点を見つめている。

まるで一点に視線を吸われでもしているように、目を丸く見開き、唇を半開きにして、棒立ちになっている。

亀石は異変に気づいた。目をこすった。

無量の白い肌がぼんやりと発光しているように見えたのだ。

なにかやけに澄んだ、静謐《せいひつ》な空気をまとって、その場に佇《たたず》んでいる。

まるで常人には聞こえぬ声に耳を傾ける巫女《みこ》のようだ。

声をかけるのもためらわれた。

そうこうするうちに無量が動いた。すーっと何かに操られるように歩き出し、道具置き場にあったスコップを手にとって戻ってくる。視線も定まらない様子で、さっきまで凝視していた場所に立つと、スコップの先をいきなり土壁に突き立てたではないか。

「お……おい無量！」

制止も聞かず、無量はざっくざっくと側面から土を掘り始める。

目は見開き、瞬《まばた》きすらしていない。ヤケでも起こしているのかと慌て、亀石が体ごと引き剥《は》がそうとした時だった。

「……え」

三十センチほど掘った土壁の中に黄褐色の固まりが見える。

人工物のような文様が覗《のぞ》いている。無量が手を伸ばして周りの土をこそげ取ると、土の中から小さな「顔」がこちらを見つめている。

「土偶……か？」

縄文時代の土偶だった。

顔面は平らでハート形をしている。このあたりでよく出土するハート形土偶というやつだ。スコップで傷つけられることもなく、きれいなまま「コンニチハ」とばかりにおどけた顔を覗かせているではないか。

亀石は呆気《あっけ》にとられて無量を見た。

「ここに埋まってるのが、わかったのか？」

「……。呼んでた」

無量は無表情だ。

「呼んでたから」

土偶が出てきてもさして興奮しておらず、そこにあったのが、さも当たり前のような顔をしている。

呼んでたって……土偶が、か？」

無量は「これ土偶っていうの？」と訊《き》き返してくる。

亀石は絶句した。

ざわっと総毛立った。

なんなんだ、こいつは。

いったい何をしでかしたんだ。

＊

帰りの車内では、むしろ亀石のほうが黙り込んでしまった。

助手席の無量も押し黙って前を走る車のテールランプを見ている。あたりはとっぷりと暮れ、景色はろくに見えない。重苦しい空気が車内を包んでいた。

アパートまで送り届け、その前で無量を降ろした。

「今日は遠くまでつきあわせて悪かった。裕子さんにはちゃんと連絡しといたから」

すると、寡黙を通していた無量がぼそっと口を開いた。

「……俺、なんか悪いことした？」

亀石は驚いた。いや何も、と答えようとして気づいた。自分が土偶を掘り当ててしまったことを言っているのだと察したのだ。

無量は思い詰めている。

亀石は慌てて笑顔になり、

「いやいやいや！　全然悪いことじゃないよ。それどころか凄《すご》いことだ！　ただちょっとびっくりしてしまったんだ。あまりにも見事に土偶を見つけてしまうものだから」

「まずいことじゃないの？」

亀石はそのとき、やっと気がついた。……そうだった。

無量は化石発掘をしていて祖父に咎《とが》められ、手を焼かれたのだ。

いつもどおりに発掘をしていて、いきなりわけもわからず怒鳴られて、あろうことか手を焼かれた。そのショックは想像にあまりある。自分が何をしたのか。何がいけなかったのか。子供心に混乱しただろう。

亀石がずっと黙っていたのも「自分が悪いことをしたから」だと無量は思い込んでしまったに違いない。祖父を怒らせた恐怖が甦《よみがえ》って、内心激しく動揺していたのだとわかった。

そんなんじゃないんだ、と亀石は弁解した。

ただ本当にびっくりしていただけなのだ。

だが、沈黙は無量を怯《おび》えさせてしまったようだ。

このまま何も言わずに別れるわけにはいかない、と腹を括《くく》った。

亀石は薄暗い街灯のもと、小柄な無量と目線をあわせるように腰をかがめた。

「……なあ、無量くん。学校に行きたくないなら行かなくてもいい。高校に進学したいならすればいいし、したくないなら別の道を選んだっていい。君の人生だ。進む道は君が選んでいいんだよ」

無量は驚いている。

あの悲劇から大人たちは皆、腫《は》れ物にさわるように無量を扱った。母も祖母も、傷ついた子供をこれ以上傷つけないようにと壊れ物のように気遣った。学校に行かなくなっても、なぜ、とも、行け、とも言わなかった。言えなかった。

担任教師が何度か訪ねてきて、不登校者のマニュアル通りの対応はしたが、それ以上は踏み込まない。親身になれとは言わないが、厄介事に首を突っ込みたくない本音がみえみえだった。母は周りに知り合いもいない町で、引きこもる息子をひとりで抱え込んだ。どうしていいのかわからぬまま。

こんなふうにはっきりと「自分で選ぶ人生」について触れてきた大人は、無量の周りには誰もいなかったのだ。

「高校行かないでいいの」

「いいさ。行かないことを選ぶなら」

「みんな行ってるのに行かないでいいの」

「行くか、行かないかじゃない。君が何をしたいのか、なんだ。君は何がしたい？」

無量は暗い面持ちに戻った。

「……何もしたくない」

「……。そうか」

「でも何もしないままでいるのも、怖い」

複雑な心境を無量は吐露した。

　このままではいけない。だが、一歩踏み出すのも怖い。足が竦《すく》むし、こんな自分をひとに見られるのもいやだし、ひとが大勢いるところはもっと怖い。

「どうしたらいいのか、わからない……」

　うつむいた無量の声が、次第に涙声になっていくのがわかった。

「……たすけて……」

　亀石はうなずいた。

「……たすけてください……」

　亀石も涙をこらえて、うなずいた。何度も。何度も。

　身を震わせて泣き始めた無量の肩を、亀石はなだめるように抱いた。

「わかった。なら、俺のもとに来いよ。この家を出るところから始めよう」

「おじさんのところに？」

「うん。行き詰まったまま出口が見えない時は、思いきって環境を変えるのが一番いいんだ。引っ越しをしよう。毎日、目に映る景色を変えてやるだけでも、気持ちが変わる。誰も君を知らないところに行けば、他人の目も気にならなくなるし、背負ってるものもぐんと軽くなる。先のことはそこから考えよう。な？」

　ただし、と亀石は無量に言った。

「……お母さんとは離ればなれになる。君はひとりで、俺のもとに来るんだ」

「俺、ひとりで……」

「こういう言い方はアレかもしれないが、お母さんの気持ちは、もしかしたら今の君にとって、とても、つらいんじゃないのか」

　無量はまたしても驚かされた。

　母・裕子の気持ち。自分を想ってくれる母の気持ちは、痛いほどわかる。無量の身に起きたことを痛ましく想う気持ち、申し訳なく想う気持ち、だが無量にはそれらが一番つらかったのだ。自分が発掘なんかしたせいでこんな右手になってしまった。こんな右手になったせいで……。母に申し訳ない、母が夜ひとりでひっそり流す涙は自分のせいだ。自分がこんな目に遭ってしまったから。

　そうやって自分を責める気持ちから逃れられず、ただただ、つらかった。

　そのつらさをはじめてわかってくれる人間が現れたことに、無量は驚いたのだ。

「……もちろん、お母さんは君をつらくさせたくて君を気遣ってるんじゃない。それは君もよくわかってるんだよな」

「………」

「君を大切に想うのはお母さんの愛にほかならないが、いまの君は、その愛から少し距離をおいたほうがいいのかもしれない。君自身も楽になるし、そうしたほうが、その愛を素直に心から受け止められるようになる」

見つめ返す無量の目から、涙が流れている。

隠そうともせず、耳を傾けている。

「俺と来るかい？」

無量はうなずいた。迷いがなかった。

「よし。そうと決まれば、早いほうがいいな。一週間、時間をくれ。君の住む場所を用意する。君も支度することがあれば、その間に済ませておいてくれ」

亀石は腰を伸ばして、胸を張った。

「さあ、脱出だ。ここから脱出して、知らない景色を見にいこう」

うなずいたその目は、もうどろりとはしていない。

小さな光がみえた。そんな表情をしている。

*

無量を預かることになった亀石は、あらためて頭を悩ませることになった。

無二の親友である「十兵衛《じゅうべえ》」こと柳生篤志《やぎゅうあつし》にも相談した。

「土偶を一発で……？　またまたァ。そんなことできるわけないだろう」

一笑に付した柳生に先日の工事現場での出来事を語ったら、真顔になってしまった。

「……できたのか。本当に」

「ああ。目の前でやってのけた。あの場所が遺物包含地だとは、誰も把握してなかったのに、だ」

その後、第二エリアの作業はストップした。

無量が土偶を掘りあててしまった結果、遺物包含地だと判明し、緊急調査をすることになったからだ。現場監督は工期が遅れると頭を抱えたが、埋蔵文化財保護のため率先して社内に発掘調査部まで作った社長――亀石の兄は、あやうく貴重な遺跡をそれと知らず破壊するところだったと胸をなでおろし、無量の功績をたたえた。

だが、目印も何もないところを掘って一発で土偶を当てた、と聞いて驚嘆した。

うそだろう？　まぐれじゃないのか。まぐれでないとしたら、なんだ。透視でもしたのか？

まるで神がかりだ。

――空恐ろしい才能だ。ぜひ遺跡発掘をさせるべきだ。なんとかならないか。

兄に言われなくても、亀石はそのつもりだった。

だが、問題は無量の気持ちだ。

「あいつは他のどんな職業についたとしても遺跡発掘だけは死んでもやらないと思う」

祖父は西原瑛一朗。

考古学の権威だったが、遺物捏造《ねつぞう》が発覚して学会を追放された。

その瑛一朗に「〝発掘〟をしている」という理由で右手を焼かれた。

そんな無量が、遺跡発掘などやるわけがない。

現場にいれば瑛一朗の孫というだけでも色眼鏡で見られるだろう。それよりなにより無量は遺跡発掘というものを心底、憎み、嫌悪しているはずだ。そんなものがなければ、祖父は捏造犯にならず、家族は離れればなれにならず、自分の右手も健常なままだった。

「どうしたって、あいつが遺跡発掘をするわけがないんだよ」

カウンターをどんと叩《たた》いて、亀石は焼酎《しょうちゅう》の水割りをあおった。

「くそ……っ。なんだってよりにもよって、あいつが西原瑛一朗の孫なんだよ。うちのエース発掘員《ディガー》になる逸材かもしれないのに」

「おいおい。現エース発掘員の前でそれ言うかよ」

このときの柳生はまだ社員ではない。派遣の発掘員だ。名指しされれば国内だろうが海外だろうが、どこの現場にもすっとんでいく。そんな仕事ぶりだった。

「しかし、どんな魔法を使えば、一発で土ん中の土偶を当てられるんだ？」

百戦錬磨の柳生にも不可解きわまりない。

そこが遺跡だとわかっていて、それらしきところを掘ったというなら、まだわかる。だが、無量はただの工事現場だと思っていた場所でそれをやってのけたのだ。

まぐれか。奇跡か。

透視能力でもあるというのか。

本当に「呼ばれていた」のだとしたら、異常だ。

「自分が埋めたってわけでもないだろうに」

柳生の失言に、酔った亀石がぎろりとにらんだ。

「おっとすまん。瑛一朗の孫に対して言っていい台詞《せりふ》じゃなかったな」

「やっぱり、神がかりなんだろうか」

十五歳の少年だ。

すでに「童《わらわ》」という年齢でもないが、「男」と呼ぶにはまだ若すぎる。性の目覚めを迎える前の童子が、神の遣いとされることは、よくあることだ。そういう子供が「神をおろす器」としてあがめられたのは、彼らには、俗世とは別次元のなにかと通信できる感覚があると信じられていたからだ。

「その少年も、大いなるなにかと通信できる、とでも？」

「巫女《みこ》のような宗教的な存在は、古代からずっといた。以前、南方の島の土俗宗教で、子供に神をおろす儀式を見たことがある。神聖で独特の空気をまとってたが、こないだの無量からもそんな空気を感じた」

「イタコかよ」

「もう一度、確かめてみたいもんだが」

大きな壁が立ちはだかっている。

「……かえすがえすも、無量のやつ。なんで孫なんだよ……」

ぶつぶつと呪いを吐き続ける亀石の横で、柳生は地酒を手酌した。

「どうにかして同じような状況に持ち込むしか手はないんじゃないか。試掘現場につれてきて掘らせてみるとか」

「俺もそれは考えたが、だめだ」

酔って赤くなった鼻を、亀石はしきりにふくらませた。

「そうでなくとも無量は大人不信になってる。だまされて掘らされたなんてバレてみろ。五秒で鋼鉄の殻の中に閉じこもっちまうぞ」

「物は言い様ってこともある」

柳生は「気むずかしい少年の心」に多少は理解がある。

「発掘だとは言わずに掘らせてみることは、だますのとはちがう。俺も無量くんとやらのミラクルが、ただのまぐれか、透視能力か。確かめてみたい」

考えがある、と柳生はふろふき大根を口に放り込んだ。

「来月、試掘をする現場がある。無量くんを連れてきてくれ。そこで見極めよう」

＊

東京にやってきた無量は、このとき、まだ亀石が自分に遺跡発掘をやらせようとしているとは思ってもみなかった。

居候することになったのは、亀石の住むマンションだ。

亀石建設が建てた亀石不動産の物件で、独立したばかりの発掘派遣事務所は所員もひとり。自宅兼仕事場だった。

物置だった部屋を片付けて無量の寝起きする場を作った。

「中学生男子と同居なんて……。人が好《い》いというか」

亀石の交際相手・鷹崎《たかざき》美鈴《みすず》は呆《あき》れている。

「私との同棲《どうせい》のために部屋をあけるのかと思ったのに。これじゃ気安くお泊まりにも来れないじゃない」

愚痴りながらも引っ越しの手伝いはするのだから、美鈴も人が好い。

「でもまあ、ヒロキに任せてたら、ろくなもん食べさせないだろうし？　私が料理を作りにきてあげる。何が好物？　ハンバーグ？　肉じゃが？」

美鈴のような派手な女は、無量の周りには今までいなかったタイプなので、無量は猛獣を前にした小動物のように固まっている。

「思春期男子に刺激が強いから肌の露出は控えろよ。美鈴」

釘《くぎ》を刺した亀石に「わかってるわよ」と美鈴は言い返した。

「とりあえず、……そうねえ。まずは美容院かしら」

無量はぼさぼさ髪を伸ばし放題で、前髪で目が隠れている。それがますます暗い印象を与える。

美鈴行きつけの美容院へと無理矢理連れていかれた。おしゃれな客ばかりの店内で場違いな無量はずっと挙動不審だったが、美容師の手にかかり、大変身を遂げた。

「あら。こんなイケメンだったなんて！」

美鈴は大喜びだ。

いきなり垢抜《あかぬ》けた自分を見て、無量もびっくりだ。「ダサい」自分が「人並み」にぐっと近づけた気がしたのだろう。視界も明るくなって自信もついたのか。

表情が変わった。

外見が変われば内面も変わる。美鈴のお手柄だ。これはいいきっかけになりそうだ。

「じゃあ、次は服ね。私が見立ててあげる」

かくして最初の土日は美鈴による「無量大改造計画」に振り回された。

着る物も一新し、日用品も買いそろえた。

環境を変えたことは、よい方向に働いた。

まずは新しい生活のペース作りからだ。朝は六時に起床、公園で体操とジョギング。たっぷり朝の光を浴びたところで食事、勉強、家事手伝い。一日をタイムテーブル通りに過ごすことから始まった。

無量のタイムテーブルにつきあうため、亀石も深酒をやめた。毎朝早く起き、体を動かしたおかげで、亀石のほうが健康的になったくらいだ。

無量とのコミュニケーションをとるのは、相変わらず、難しい。

亀石のほうから話しかけるばかりで、まともな会話にはならない。

だが、少なくとも体は動いている。

掃除や洗濯も自分でするし、亀石の分まで食器洗いもするようになった。

無量は文句ひとつ言わない。無量自身、引きこもりから這《は》い上がるためだと自覚しているのだ。

母の裕子は心配して亀石のもとに毎晩電話をかけてくる。裕子は無量と暮らしていたアパートを引き払って実家に戻っていた。祖父がいる実家に無量は近づけない。無量が弱音を吐いて母のもとに戻ってこないよう、退路を断ったためでもある。

だが、心配には及ばなかった。

無量は前を見ている。見ようとしている。それが伝わるのか、裕子の電話の回数も次第に減っていった。

ようやく規則正しい生活に体が慣れてきたころ、亀石があることを持ちかけた。

「明日《あした》から現場にいって研修を始めるぞ」

無量はこの時点でまだ亀石のことを「祖父母と知り合いの建設会社のひと」だと思いこんでいる。

だから、建設現場で作業員になるための研修をするのだと思った。

「作業服はこっちで用意するから。夜更かしするなよ」

こうして無量はわけもわからないまま、現場に赴くことになった。

「はじめまして。柳生篤志だ。十兵衛と呼んでくれ」

待ち受けていたのは、筋骨隆々の男だ。

建設業界の男を地で行く絵に描いたようなマッチョぶりに、無量は引いている。

「は……はじめまして」

「まずは現場での立ち居振る舞いから教えるぞ」

無量は胸に「亀石建設」と刺繍《ししゅう》された作業着を着ている。柳生や亀石が「現場、現場」というので、無量は「建設現場」だと思い込んでいるが、実のところは「発掘現場」なのだ。だが、それは言わない。

——嘘はついてない。

ずるい大人たちはこうして無量に「現場」を教え込み始めた。

まずは測量の仕方、測量器の使い方からだ。

測量して図面の通りにラインを引き、穴を掘る。

ただそれだけをひたすら訓練する。無量は建築のために必要な技術だと思い込んでいるようだが、本当は「トレンチ」を掘るためだ。だが、言わない。

無量は黙々と作業をする。

亀石は、無量がもっとごねると思っていた。反発も覚悟の上だった。

予想に反して唯々諾々と作業する。学校に行かないのならば、働くしかない。働くためには技術を身につけなければならない。

そういう自覚はあるのだろう。それ以上に、

――母さんにこれ以上つらい思いをさせたくない。

母親想いなのだ。

離婚した父親からは養育費という名目で、自分が成人するまでの費用は出してもらえる。だが、そんなものに頼りたくはない。自分で稼げれば、自分たちを捨てた父親などに頼らず生きていける。そういう意地もある。

――自立する。

無量はその一心で、東京に出てきたのだ。

ごねたり、わがままを言ったりなど、するはずもなかった。

スコップを手にひたすらトレンチを掘る。

真冬でもすぐに汗が噴き出てくる。引きこもりで、ただでさえ体力がない。日課のジョギングで多少は足腰も鍛えられたが、まだまだきつい肉体労働に耐えられるほどのものではない。

帰宅すれば、泥のように眠った。

そんな日々が続いた、ある日。

「……あ……」

土を掘るスコップの先に、何かが当たった。固い感触だった。

「これは」

柳生がやってきて、覗《のぞ》き込む。

「おお。土器だな」

無量は茫然《ぼうぜん》としている。……土器？

「はは、こりゃまたいいもんが出てきたな。須恵器《すえき》……いや、弥生式の土器かな」

柳生が笑顔で言うと、無量は汗を拭《ぬぐ》って珍しそうに覗き込んだ。

「うん。弥生の土器だ。弥生って名前は、この近くの地名からとったんだ。このあたりで出土する土器の名称から、弥生時代って名前もついた」

「東京の地名、だったんだ……」

「意外だろ。奈良とか九州とかかと思ってたかな？」

無量は先日土偶を見つけた時とはうってかわって、興味津々、覗き込んでくる。

「どうすんの。これ」

「こういうのが出た時はな、一応、貴重なもんだから記録に残すんだ。写真とって、測量して。やってみるか」

無量はうなずいた。

「よし。その前に、まだ他にも出てくるかもしれないから、全部出しちまおう」

柳生は用意してきた発掘道具を無量に渡した。

扱い方と手順を教える。

拒否反応が出るのを恐れたが、無量は建築作業の一環だと受け取ったのだろう。「これが遺跡発掘である」という自覚もないまま、ジョレンを握り、土を削り始めた。

土器片は続々と出てきた。

面白いように出てくる。

柳生と亀石は、驚いた。土器片が出てくることに、ではない。

無量の顔に笑みがある。

目を輝かせ、夢中で手を動かしているではないか。

「……あいつ……」

無量はたちまち没頭した。

掘って掘って、遺物を出土させていくのが快感らしい。

地面に噛《か》みつくような姿勢で一心不乱に手ガリで土を削り続ける。ただならぬ集中力だ。一瞬も手が止まらない。脇目も振らない。

「もう掘るとこないの？」

掘り終えるとすぐに催促する。

楽しんでいる、という感じではない。むさぼっている。そんな感じだ。

「こっちだ無量。こっちも掘ってくれ」

柳生に呼ばれて、無量は別のトレンチに飛び込んでいく。

すぐさま勢いよく掘りだす姿は何かの禁断症状にでも襲われているかのようだ。

一度掘り出すと止まらない。ガーッと物凄《ものすご》い勢いで掘って、掘るところがなくなると、次はどこだ、と迫る。

その有様がやけに生々しくて、亀石は急に不安になってきた。掘り方がやけに動物的なのだ。何かの衝動に突き動かされているとしか見えない。

一度箍《たが》が外れたら歯止めが利かなくなりそうな。

自分自身さえ見失っていくような。

――怪物。

そんな言葉が浮かんで、亀石は狼狽《ろうばい》した。

こいつは本当に俺たちが思っているような「希有《けう》な才能」なのか？

もっともっと凶暴で手のつけられない何か、なのではないか。

＊

俺はヤバイやつを拾ってきたのかもしれない。

その夜、亀石は考え込んでしまった。

無量は帰ってくるとすぐにシャワーを浴び、夕飯を食べる余力もないとばかりにベッドに倒れた。熟睡と言うより昏睡《こんすい》だ。スイッチが切れた途端、意識がとんでいる。

だが、その顔はやけに満足げだ。充足しきって子供のようにあどけない。

――考えすぎだろ。

柳生は一笑に付した。

――まあ、確かに宝探しに夢中になってる子供を見てるようだったが。

いつか工事現場で土偶を一発であてたときの「何かが降りてきたような感じ」は、なかった。

だが、あの掘り方は尋常じゃない。

目を血走らせて、理性が飛んでいるように見えた。無量自身、止められなかったにちがいない。

灼熱《しゃくねつ》の砂漠をよろよろ歩き続け、渇ききった痩《や》せ犬が、ようやく川にたどりつき、水にありついたような。

さもなければ、初めてメスを知ったオスが、本能を剝《む》きだして衝動のままに欲望を満たさんと貪《むさぼ》り続けるような。

ひどく動物的なものだと感じた。

あの正体は、なんだ？

鬱屈《うっくつ》した感情が生んだ衝動だったのか？

それとも発掘を咎《とが》められ、抑圧され続けた欲望が爆発したのか？

祖父に与えられた恐怖をはねのけようとして見境がなくなってしまったのか？

なんだか危うい感じがする。

功名心の化け物と化して捏造《ねつぞう》をしでかした祖父ともちがう。何かコントロールしがたい類《たぐい》の、危険な感じだ。

このまま、無量に発掘をさせていて、いいのだろうか。

亀石の懸念は、だが、柳生にはぴんとこない。

無量の層序読みの確かさに感心し、面白い後輩ができそうだと素直に喜んでいる。

「化石と遺物、物はちがえども、さすが発掘少年。砂礫《されき》だの粘土だの、見分ける目がヤバイな。土層をぱっと見しただけで、土坑の覆土の時期まで読み解いちまったぞ」

天才だな、と柳生は大袈裟《おおげさ》に持ち上げた。

確かに土を見るセンスはずば抜けている。だが、土偶を一発であてたことに関しては、柳生は懐疑的だった。

「現にトレンチ掘った時も、じかに出すまで、土器が埋まってるのに気づいてたふしはなかったぞ。やっぱまぐれだろ」

確かに。

あの雪のちらつく工事現場で見せた、神がかり的な感じは、ない。

異様なのは没頭の具合だけだ。

だが、その柳生もまもなく目の当たりにすることになる。

無量の本当の「ヤバさ」を。

＊

郊外の試掘現場でのことだった。

無量が作業に慣れてきたこともあり、この日は亀石は同行していなかった。柳生とふたりきりで試掘現場に乗り込んだ。

朝方に雪が降り、多少積もったが、昼には解けた。おかげで足場が悪い。

かつて武蔵《むさし》の国府が置かれた土地で、大型建物跡も多く、周辺には神社や古墳があちこちにあった。現場は「遺物包含地」とみられていた場所だったが、数ヵ所入れたトレンチからは何も出てこなかった。

空振りだ。

こういう時もある。

だが、無量にとってはあくまで「建築工事」の一工程だ。いまだにこれが「遺跡発掘」とは思っておらず、測量して掘ることが工事の一部なのだと思っている。

そんな無量の前では「はずれ」だとも言えなかった。

「さて。じゃあ埋め戻すか」

「なんで掘ったのに埋めるの？」

無量は素直に疑問をぶつけてきた。

さすがの無量もそろそろ「変だな」と思い始めたらしい。

柳生は大人の小ずるさを見破られているような気がしたが、顔には出さず、

「あー……これは地盤調査の一環だ。脆弱《ぜいじゃく》な地盤かどうかを見て、杭《くい》を打つ深さを耐震基準に合わせる。地下を見るのは大事なことなんだぞ」

確かに建物を建てる時には地盤調査を必ずする。だが、それはボーリング調査といって円筒状の孔《あな》を開けてサンプルを取るもので、トレンチを掘るわけではない。

無量は「ふーん」と言ったきり、黙ってしまった。

そろそろごまかすのは苦しいか、と柳生は冷や汗をかいている。

が、無量はトレンチを入れていない別の場所をじっと見つめている。

どうした？　と問うと、無量は五メートルほど奥の一点を指さした。

「あそこは掘らないの？」

あそこ？　と柳生が訊《き》き返す。

無量は歩いていって、ある場所で立ち止まり、足で踏みならした。

「ここ」

柳生には意味がわからない。

トレンチの設定はしていない。

「なんでそこを掘るんだい？」

「わかんないけど、下になんかあるんじゃないかな」

無量はしきりに右手をさすりながら、そう言った。

ここでは何も出なかったので物足りなくなった無量が、あてずっぽうで言ったのだと柳生は思った。

かわいいやつだな、そんなに土器を見つけるのが楽しかったのかよ。

ぐらいに微笑ましく思って、柳生は時計を見た。まだ作業時間内だ。

「よし。なら、おまえが掘ってみたいと思ったとこに、印つけてみな。俺もいっしょに掘ってやる」

「ほんと？　いいの？」

無量の顔がぱっと日が差したように明るくなった。

すぐに何かを探索する目になった。

ここは以前、古い民家が建っていた土地だが、いまは取り壊され、きれいに整地されている。目立った隆起もくぼみもない。どこも同じようにならされて「宝物」が埋まっていそうな痕跡《こんせき》も特徴も全く、ない。

だが、無量はその場所にこだわった。

ライン引きをもってきて、その場所をぐるっと囲んだ。

「ここ」

半径一メートルもない。

ますます柳生は楽しくなった。

「よーし。ローム層にあたるまでになんか出たら、おまえの勝ちだ。焼肉おごってやる」

童心に返っている。ふたりは角スコをもってきて掘り始めた。縄文時代、このあたりは海岸だったというから、貝殻でも出てきたらなんかおごってやるか、などと柳生は気楽な気持ちでいたのだが。

一メートルほどの深さまで掘ったところで、角スコが、かつん、と何かに当たった。

「え……」

柳生ほどのキャリアの発掘屋になるとスコップがあたった感触だけで材質がわかる。

金属、だ。

「うそ、だろ……っ」

真顔になった柳生が慌てて道具を持ち変える。

「なんだこれ」

土から顔を覗《のぞ》かせたのは、青とも緑とも呼べる金属製の物体だった。

柳生がさらに細かく土をどけてみると、その金属面がわずかに隆起している。しかもその表面には文様らしき凹凸が規則正しく刻まれている。

柳生は絶句した。

「……銅《どう》……鐸《たく》……か」

血相を変えて、すぐに全体を確認するべく掘り進める。無量も横から手を出せないほど、柳生は必死になった。もう疑う余地はなかった。

「ばかな。おい銅鐸だ、銅鐸が出たぞ……！」

声が震え、口の中がカラカラに渇いた。

無量にはそれが何を意味するか、よくわかっていないようだった。

「あのな、東京で銅鐸が出土したことはないんだよ！　弥生時代の土器は出てるけど、青銅器が出たためしはないんだ。こいつはえらい大発見だぞ！」

「……そうなの？」

「そうなの？　じゃない！　なんでここに埋まってるのがわかった？　おい説明しろ、透視でもしたのか！　土の上だぞ。わかんないんだよフツー！」

柳生に肩を揺さぶられても、無量はいまいちぴんときていない。なんで柳生がこんなに興奮しているのかさえ理解できていない顔だ。

「なにを感じた。ここに何を感じた！　え？　おまえここから出るって言ったよな俺に」

「うん……」

「なんでここに埋まってるって思った？　その根拠はなんだ！」

「なんとなくだよ……」

「なんとなくってこたねーだろ！　なにかあったからだろ」

青銅器からは青い銅錆《どうさび》が出る。銅錆が土の色を変えることもある。だが、一メートルもの深さに埋まっている銅錆が、地表面まであがってくるとは考えられない。柳生の目にはそんなものは見えなかった。

無量にはそもそも知識がない。根拠を聞かれても、答えられない。

「なんかある感じがしたとしか言えないよ」

「発掘勘……？　なんにも知らないおまえにそんなのあるはずないだろ」

「つか呼んでたんだよ」

柳生は「え？」と固まった。

「呼ばれてる感じがしたんだよ……」

無量はぼそぼそと呟《つぶや》くだけだ。

柳生はふと冷静になって、無量の顔を神妙そうに覗き込んだ。

「なあ、おまえ、子供の頃、化石発掘してたって言ったよな」

「……うん」

「その化石を見つける時も、なんか呼ばれてる感じがしたのか？」

無量はうなずいた。

「誰も信じてくれなかったけど」

「声が聞こえるのか？　ひとの言葉みたいな？」

「……言葉じゃない。でもなんか、ネコとか犬とか飼ってると、たまに鳴くでしょ。飼い主は、呼ばれてるなーってわかるでしょ。そんな感じ」

無量は居心地が悪そうにしている。

「……俺、なんか変なこと言ってる？」

柳生は首を横に振った。どう答えていいのかわからなかった。

わかったのは、なにか人並みではない感覚を、この少年は確かに持っているということだけだ。

亀石が言ったことは、本当だったのだ。

＊

東京で初の銅鐸出土！

無量の発見は地元新聞でも大きく取り上げられた。

東京の郊外では縄文遺跡はとても多く見つかっているが、弥生時代の集落遺跡は少ない。土器の数自体も、圧倒的な縄文土器の量に比べれば、淋《さび》しいことは否めない。

だが関東全域に目を広げれば、少ないながらも、銅鐸の発見例がある。

銅鐸を手に入れられるだけの力をもった集団がいたという証《あかし》だ。

「すごいな、十兵衛。狙ってたのか」

亀石も興奮したが、柳生の表情は硬かった。

「……おまえ、やべーやつ連れてきたな」

出土した経緯を打ち明けると、亀石はみるみる顔色を変えた。

「やっぱりやったのか。無量のやつ……」

「まさかと思ったが、あいつヤバイぞ。意味がわからん」

何かトリックがあるのでは、とずっと考えていたが、どうにも説明がつかない。

捏造《ねつぞう》できるような状況でもなかったし、そもそも無量には捏造する理由がない。

銅鋳は遺物の周りのわずかな土からしか検出されなかったし、まして、一メートルもあった表土の上に出るわけもない。

「……実は、まだ、もう二ヵ所。印をつけてやがんだ」

柳生は手を出せなかった。確かめるのが怖かったのだ。

「なんのオカルトだよ。透視能力かよ。ユリ・ゲラーかよ。超能力なんて信じないぞ。なんか仕掛けがあるって言ってくれよ。こえーよ」

頭を抱える柳生に、亀石は言った。

「根拠はなにか、聞いたか？」

「呼ばれてる、とか言ってた。つまり、あれか？　イタコみたいな。死者が残した念とか幽霊とかに呼ばれてるってやつじゃ」

「そういう霊感系はおまえの専売特許だろうが」

「あいつ発掘イタコなんじゃねーのか？　なんか憑《つ》いてるかもしんねーぞ。お祓《はら》いしといたほうがいいぞ。なまんだぶ、なまんだぶ」

亀石は溜息《ためいき》をついた。

発見した経緯は、柳生がうまくごまかしたので変な騒動にはなっていないが、不用意に漏れると、厄介なことになる。そうなった時、心配なのは無量の身だ。

柳生には固く口止めした。このことはふたりだけの秘密だ。

そうでなくとも、無量は「西原瑛一朗の孫」なのだ。

おかしな噂が立ったら、本当に面倒なことになる。

＊

「ここにいたのか、無量」

無量はマンションのそばにある公園のベンチに腰掛けていた。

高台にあるので街の夜景を一望できるこのベンチは、無量のお気に入りの場所になっていた。

今も寒空の下、街の明かりをぼんやりと眺めている。

亀石がとなりに腰掛けて、持参した魔法瓶から温かいココアをコップに入れて、差し出した。

「あったまれよ」

軽く頭を下げて、受け取る。

湯気がマフラーをまいた口元を湿らせた。

「こっちの生活にもだいぶ慣れたようだな。体はきつくないか」

「ないス」

毎日の土掘りが筋トレになっているようだ。

もう少々のことではへとへとにならないし、肉付きもよくなってきた。成長期だから体力がつくのも早い。

「すごいもの見つけたってな。やるじゃないか。土偶に続いて、ふたつめだ」

無量の表情は暗い。

亀石や柳生の反応をみて、さすがに自分のしたことが「普通じゃない」とわかってきたとみえる。

「俺、まずいことした……？」

ここにある、と予告して、実際に出土した。

それが祖父の捏造事件を思い起こさせて、無量を不安にさせていた。

「まずいことなんかじゃない。むしろ、すごいことだ。だが、普通の人には土の下に何かが埋まっている、とはわからないもんだから、俺も十兵衛もびっくりしたんだ」

「俺、異常……？」

不安そうに見上げてくる。

亀石はなだめるように無量の頭に手を置いた。

「おまえは子供の頃から化石を発掘してきたんだろう？　その経験があったおかげで、物を見つける勘が人よりも発達してるんだ。異常じゃない。才能だよ」

とはいえ、化石は堆積岩《たいせきがん》の中にあり、遺物は土壌の中にある。

化石は露頭した岩石の中にあって、多少なりとも、そこにあるシグナルが目で見て確認できるところにある。

だが、遺物はそうではない。地面の下だ。目には見えないところにあって音も熱も震動も発さない。そういうものの存在を感じ取る勘は、いくら化石発掘で鍛えようが、そう簡単に養えるものではない。

「……なんか久しぶりに、化石掘ってた時の気持ち、思い出しちゃって」

土から遺物が出た瞬間、化石を見つけた時のように興奮した。

宝探しのワクワクだ。幼い無量が化石探しに夢中になったのは、そのワクワクを味わいたいからだった。

だが、祖父に手を焼かれてから、発掘はできなくなった。

そんな無量がまたあのワクワクした気持ちを味わってしまったのだ。身も心ももう止まらなかった。抑圧されてきた七年分の餓《かっ》えが一気に噴きだして、我を忘れた。遺物掘りに夢中になってしまったのは、そのせいだ。

ひどく暴走していたように思えて、無量は自己嫌悪に陥っている。

不器用な言葉で訥々《とっとっ》と語る無量を、亀石は受け止めた。

「……無理もない。あんなに大好きだったもんなあ。化石発掘」

「ガキの頃、幼なじみがいたんだけど、そいつがさ。おまえには化石見つける才能があるよっていってくれて」

相良《さがら》悦史《えつし》の息子のことだ。捏造をリークした男の息子。

家族ぐるみのつきあいだったという。

「……褒められるのが嬉《うれ》しくて、その気になってた」

相良悦史は確か亡くなったはず。火事で自宅が全焼し、家族も亡くなった。

失火らしいが、瑛一朗の放火ではないかなどという心ない噂が立ったことも、裕子は亀石に教えてくれた。

「化石掘ってれば、あいつに褒めてもらえる。でも、いなくなっちゃったから」

その幼なじみも火事で亡くなったのだろうか。

幼心にどれだけの喪失を味わってきたのだろう。

「……懐かしかったかい？　化石掘りを思い出した？」

「それだけじゃない……」

無量は手袋をはめた右手をしきりにさすった。

「めちゃくちゃ右手がうずくの」

「うずく？　ヤケドの痕《あと》が？」

うん、と無量は不安そうに答えた。

「あそこになんか埋まってるって感じるときって、右手のヤケドもすごいうずくの。右手がギャンギャン騒いでるみたいで、いてもたってもいられなくなんの。なんかしてないと収まらない感じがするから、掘るでしょ。掘って掘って、なんか見つかると、やっと収まんの」

亀石は驚いた。と同時に心配になった。

「右手に痛みが出るのかい?」

「痛いのかかゆいのか、よくわかんない。ひどいと肩までビリビリ痺《しび》れてくる」

「急に慣れない仕事をして体に負担がかかってるのかもしれない。一度医者に診てもらおうよ」

「うん……。でもいつもの痛さとも違ってて」

無量自身、うまく説明できない。

「右手が俺に言うんだよ。『あそこ、あそこになんか埋まってる。掘らせろ。掘らせないと暴れるぞ』って」

また奇妙なことを言い出した。

これが無量独特の世界観なのか。

さすがの亀石も困惑してしまった。

「そのヤケド、ちょっと見せてもらってもいいか。無量」

気が進まないようだったが、無量は手袋を外し始めた。

目の前に差し出されたものを見て、亀石は、思わずギョッとした。

鬼だ。

鬼の顔だ。

痛々しいヤケドの痕は、独特の形状をしていた。盛り上がって引きつれた肉が、ふたつの目と潰《つぶ》れた鼻とつりあがった口に見えるのだ。

なんとも禍々《まがまが》しい。人というより鬼に見える。

鬼が嗤《わら》っている。

「……キモいでしょ」

無量は読み取ったように言った。

「あ……いや痛そうだ。これじゃ後遺症もきついだろう」

「後遺……つか過敏症になっちゃって。ちょっとした刺激がビーンてくるから、右側にひとが来ないようにしてる。素手だと電話も持てない。静電気だけでビリビリして落ち着かないから手袋してんの」

日常生活でも難儀している。

そんな右手だから、感情が高ぶったり興奮したりすると、すぐに反応してしまうのかもしれない。

だが、亀石はそれ以前の問題だと感じていた。発掘という作業は肉体労働だ。傷病を負った右手にかかる負担について、もっと気遣ってやるべきだった。あまりに無頓着《むとんちゃく》だったと反省したのだ。

「すまん、無量。土木作業はその手にはやはり負担が大きすぎたかもしれん。無理強いさせてしまったかも」

スコップを握るだけでも右手を酷使する。それがよくなかったのではないか。

無量は、きょとん、とした。

そういう心配をされるとは思わなかったのだ。

「亀石さん、優しいね」

やめないよ俺、と無量は言った。

「体鍛えてガテン系になるんだ。工事現場でニッカポッカ穿《は》いて働けるようになる。いっぱい稼いで、母さんを安心させないと」

あくまで建築現場の作業員を目指している。

無量のけなげな物言いに、亀石は心が揺らいでしまった。

やはり、この少年は遺跡発掘の世界に引きずり込まないほうがいいのではないか。いくら特異な才能があっても、見なかったふりをしたほうがいいのではないか。

遺物探知能力を現場で発揮しだしたら、いやでも耳目を集めてしまう。注目を浴びて、彼が西原瑛一朗の孫だと知られたら、何を言われるか。

静かに目立たず生きていきたい。

それが無量の本音だろう。

才能があるからこそ、それを「活《い》かさない」ほうがいいこともある。

無量は冷めたココアを手にして街の明かりを眺めている。

だが、無量の中の「餓《かつ》え」は亀石が考える以上に膨れあがっていたことに、まだこの時は気づかなかった。

抑圧の反動は、そう簡単にはコントロールできるものではなかったのだ。

*

無量が銅鐸《どうたく》を発見した現場では、本調査が進んでいた。

敷地全体を掘り返すグリッド方式で発掘は行われるが、柳生がずっと気になっていたのは、無量が「出る」と予告した別の二ヵ所だ。

だが、無量はその調査に参加はしなかった。

そもそも遺跡発掘をするとは言っていないし、亀石も参加させることに消極的だったからだ。柳生も無理強いはできなかった。

「さて、鬼が出るか蛇が出るか……」

予告地点の掘削が始まる。柳生は半信半疑だが、これで本当に遺物が出たなら、もう無量の特殊能力を認めるしかない。

固唾《かたず》を呑《の》んで見守っていた。

が。

「出ませんねえ」

空振りだった。

予告した箇所からは、なにも出土しなかったのだ。

柳生は拍子抜けだ。

「……やっぱり、まぐれだったのか？」

無量が予告した場所からは何も出なかったが、他の場所から、青銅器が追加で出土した。先日、銅鐸が出た地点から少し離れたところで銅剣が束になって出たのだ。

現場は沸いたが、柳生はホッとしたのとがっかりしたのとで、複雑だ。

「イタコ発掘屋の《神の手》登場、とか期待してたんだけどな……」

無量は、亀石建設の工事現場にいる。

作業員としての研修中だった。

亀石は無量を発掘現場から遠ざけるつもりのようだ。

「本当にいいのかよ、カメよ……」

柳生は釈然としない。言い分はわかるが。

「そんなんでホントに解決になんのかよ……」

無量失踪《しっそう》の報《しら》せが届いたのは、その三日後の夜だった。

「まだ見つかってない？　無量が行きそうなとことか、どっかねーのか！」

＊

夜遅くなっても無量の行方は摑《つか》めないままだった。

亀石から報せを受け、柳生と美鈴が駆けつけた。あちこちを捜し回ったが、いっこうに見つからない。

朝、亀石がなかなか起きてこない無量を変に思い、起こそうとして部屋を覗《のぞ》いたら、すでにもぬけのからだった。

置き手紙もない。

愛用のリュックも携帯電話も残したまま、無量の姿だけが消えてしまったのだ。

亀石は慌てて心当たりを片っ端から捜索した。西原家にも連絡した。こちらの生活に耐えられず、家出したのでは、と思ったからだ。だが、西原家には戻っていなかった。当然だ。何があろうと、祖父がいる西原家に無量が近づくはずもない。案の定、夜になっても戻ったという報せはない。

そもそも東京での顔見知りといえば、せいぜい亀石が時々つれていく定食屋のおかみさんくらいだ。

では、どこに？

現場にも姿を見せなかった。

「どうするの？　無量ちゃん、お友達いないでしょ？」

頼れる友人の家でもあればいいが、そんな相手はいるはずもない。所持金など雀の涙だろう。立ち寄りそうなところは全部当たってみたが、どこにもいなかった。

亀石は真っ青になった。

「……もしかして、父親のところか？」

それはない。絶対にない。

自分たちを捨てた父親を、無量は心底、憎んでいる。

「そんなとこに行くくらいなら、川にでも飛び込んでるはずだ……」

「川って……っ」

美鈴と柳生も顔を見合わせて、青くなった。

まさか自殺……。

「縁起でもないこというな！」

「でも、あの子、デリケートなところがあるし、思い詰めたら何するかわからないとこあるでしょ」

それだけはない、と亀石は確信している。どんなに思い詰めようと、母親を置いて死を選んだりはしない。

「なら、どこに」

無量が頼りそうな人物は、あとは化石発掘をしていた頃の師ぐらいしかいない。そちらは裕子たちのほうからあたってくれているはずだ。

「私、駅前の漫画喫茶とか当たってくる！」

「俺も自転車でひとっ走り見てくるわ！」

美鈴と柳生は飛び出していった。

ひとり残された亀石は、無量の帰宅を待ちながら、その言動を巻き戻して、手がかりがないか考えた。

——俺、まずいことした……？

発掘を咎《とが》められて手を焼かれた無量だ。発掘したい衝動に身を任せたかっただろう無量にとって、それは同時に罪悪感を伴う行為でもあったはずだ。

——俺、異常……？

母に迷惑をかけることを何より恐れていた。母が涙を流すことだけは、誓って、しないはずだ。

母を悲しませない自分になる、とあれだけ心に誓っていた。

だが、それでも耐えられないような苦しみがあったのだとしたら。

——たすけて……。

「くそ。俺はいったい、なにやってんだ……っ」

あいつを救ってやりたくて、ここまで連れてきたというのに。

俺はまたあいつを独りにさせてしまったんじゃないのか？

──……よんでる。

亀石は、はっとした。

土偶を見つけた時の、どこか神がかったような目つきをした無量が、脳裏に甦《よみがえ》ったのだ。

──呼んでたから……。

「まさか、あいつ」

亀石は家を飛び出した。

車に飛び乗って、向かった先は、現場だ。

工事現場ではない。発掘現場だ。

無量が銅鐸を見つけた、あの──。

夜も更けた発掘現場には雪が降り始めていた。

大きなぼたん雪だ。

亀石は立ち尽くした。

立ち入り禁止の金網の向こうに、うごめく影がある。

野犬だ。

野犬が土を掘っている。

いや、よくみれば、犬じゃない。

ひと、だ。

人間ではないか。

調査区を覆ったブルーシートが剝《は》がされ、奥のグリッドに人影がうずくまっている。うずくまって、しきりに腕を動かしている。

「無量……」

雪の舞う現場で、無量はひとり、土を掘っている。

道具もなく、素手だ。

固い土に指を突き立て、無心に掘っている。

「無量、おい無量！」

亀石は金網をよじのぼって乗り越えると、無量のもとに駆け寄った。

呼びかけられても反応しない。一心不乱に地面に向かい、素手で土を掻き出している。粘土層だ。専用の道具でも簡単に掘れる場所ではない。

だが、無量は無我夢中だった。鬼気迫る顔つきだ。まるで飢えた犬のように顔面を地表に近づけ、指で土を抉《えぐ》り続ける。止まらない。何かに取り憑《つ》かれたかのようだ。

顔にも髪にも粘土がこびりつき、よく見れば、指先が血を流しているではないか。

「おい、やめろ。……やめるんだ、無量！」

駆け寄って引き剝がそうとしたが、払いのけられてしまう。なおも土を掘ろうとする無量を、後ろから抱え込んでようやく地面から引き剝がした。だが、亀石の腕の中で無量は暴れ続ける。

「おい何やってんだ！　こんなことして……！」

「はなせ！」

細い小柄な体のどこにこんな力があるのかと思うほど激しく暴れ、肘《ひじ》や手が亀石の顔にぶつかり、怯《ひる》んだ隙にまた地面に食いつこうとする。体力がついた分、暴れ方も尋常でない。

「掘るんだ、ここにあるんだ！　ぜったいあるんだ！」

無量は目を血走らせ、宙を掻《か》くように腕を土に伸ばす。狂気じみている。

これも神がかりなのだとしたら、とんでもない荒ぶる神だと亀石は思った。大人ひとりでは到底押さえ込めない。

「ここにいるんだァァッ！」

地面に突き立てた血まみれの指が、粘土を深く抉った。

その下から何かが顔を覗《のぞ》かせた。

「え……」

そこに駆けつけたのは柳生だった。同じく「ここだ」と気づいたのだろう。自転車を放り出して金網を乗り越え、ふたりのもとに駆け寄ってきた。

無量は、放心している。

なんてやつだ、と柳生はあぜんとした。

「素手で掘ってたのか。なんて無茶な！」

様子がおかしい。

亀石の視線も、無量が掘っていた一点を見つめている。

「なんか、出たぞ」

丸くて黒い艶々《つやつや》したものが顔を覗かせている。

「そこ……」

柳生は目を疑った。

「無量が印をつけてたとこだ。なんか埋まってるって」

「なんだと？」

先日掘った時は空振りだったはずだ。

だが、無量はさらに深く掘りこんでいた。

銅鐸《どうたく》が出た包含層よりも、もっと深い場所だ。

亀石は車のキーを取りだして、先端で出土したものの周りの土を削り始めた。

「勾玉《まがたま》だ……」

確認して呟《つぶや》いた。

「黒曜石の」

「なんだって！」

柳生が携帯電話をライト代わりにして覗き込んだ。

土から顔を覗かせているのは、ガラス質の黒い石だ。多少、角が荒いが、確かに勾玉の形をしている。

「……弥生時代……中期のものだってのか？」

「黒曜石のものは非常に珍しい。しかも大きいな」

「ん……？　おい、こいつも遺物だ」

勾玉から掌《てのひら》ふたつ分ほど離れたところに、素焼きの一部らしきものがうっすら出土している。土器片のようだ。

弥生式土器だと思い、柳生も十徳ナイフを取りだすと、器用に手ガリがわりにして掘り始める。掘っていくうちに「なんか変だぞ」と気づき始めた。

「こいつ……。弥生じゃない……」

「どういうことだ」

「わからん。でも……」

ぽかん、と座り込んでいる無量を尻目《しりめ》に、大人ふたりが雪降る地面に座り込んで、掘り続ける。顔が強《こわ》ばり始めた。

「こいつは……縄文の」

「勝坂《かっさか》式の釣手《つりて》土器じゃないか」

勾玉の隣から出てきたのは、縄文のランプと呼ばれる土器だったのだ。

意味がわからない、というようにふたりは顔を見合わせた。

「縄文と弥生が、いっしょに出てきた……」

そして、同時に無量を見た。

無量は憑依《ひょうい》が解けたかのように惚《ほう》けている。

亀石は戦慄《せんりつ》した。

「無量……おまえ……」

血まみれになった指先を見た無量は、次第にわけもわからず感情が溢《あふ》れてしまったのか、嗚咽《おえつ》をもらし始めた。

亀石は、怖がる子供をあやすように無量の肩を抱き寄せた。無量はすがりついて泣き始める。子供のように泣きじゃくってしまう。

柳生も無量の頭を撫《な》でた。

深い土の中から寄り添うように出てきた土器と勾玉の上に、雪が降り積もる。

二千年ぶりに触れた夜気は、少年の泣き声で震えていた。

*

その発見はまたしても大きな話題になった。

なにせ縄文と弥生の遺物が同じ場所の同じ層から出土したのだ。

専門家の間では物議を醸した。

――弥生時代に作られた縄文土器か。

――縄文時代に作られた勾玉か。

現場は盛り上がったが、柳生の見立ては「縄文土器の二次利用」だ。

弥生人がたまたまどこかで掘り当てた縄文土器を、儀式の器に用いた。黒曜石の勾玉と一緒に出てきたことも、それならば説明がつく。土器が破損して捨てたか、祭祀のために埋めたのだろう。

その出土に無量が関わっていたことを知るのは、亀石と柳生だけだ。

皆には数日前の雷でどこかから逃げ出してきた大型犬が掘っていたと伝えた。たまたま通り掛かって捕まえ、遺物の露出に気がついたと。

弥生人による「縄文土器の二次利用」は物珍しさで話題になり、またしても注目される現場と相成った。

マスコミも多く駆けつけたが、それを遠くから見つめる無量の「十指に巻かれた絆創《ばんそう》膏《こう》」の意味に気づく者はいない。

こんな出来事があってから、亀石は腹を決めた。

母・裕子のもとに出向き、あの夜に起きた出来事を洗いざらい打ち明けた。

珈琲屋に呼び出された裕子は、驚いていたが、しっかりと耳を傾けていた。

亀石は自分の考えを伝えた。

あの夜の無量を見て、この少年を救えるのは掘ること以外にないとわかった。

掘ることでしか、あの魂は救われない。

無量に遺跡発掘の道を勧めてみようと思う。

もちろん、反対するなら、無理強いはしない。

だがもし賛成してくれるなら、無量には正式に「師匠」をつけたい。

「師匠……？　亀石さんたちではないのですか。いったい、どなたを？」

「鍛冶《かじ》大作《だいさく》さんです」

在野のベテラン考古学者だ。

西原瑛一朗とも親交があった。

裕子も何度か会ったことがある。大学教授の瑛一朗とは真逆の、権威嫌いの発掘者で現場主義を地で行く、この道四十年のたたき上げだ。学会の異端児と言われ、クセは強いが、大木のような太さがある。

「我々のような若輩では、彼を指導するのは難しい。ですが、鍛冶さんなら発掘経験だけでなく人生経験も豊富ですし、厳しくも大らかに無量くんを一から育ててくれるのではないかと思います」

神がかり的な発掘勘をもつ無量には、危うさがつきまとう。

だが、鍛冶ならば、地に足のついた太い精神で、誰よりも泥臭くしぶとく、何度空振りしてもあきらめない心を——根気強く掘り続けることを、無量に叩《たた》き込んでくれるに違いない。

それは瑛一朗にはなかったものばかりだ。

「鍛冶さんなら人生の師匠としてもふさわしい。無量くんに発掘者としての生き方を、教えてくれるにちがいありません」

裕子は賛成した。

鍛冶の人となりも知っている。懐が深く、頼もしい男だ。

だが、もちろん無量自身が望むことが大前提だ。

「おっしゃるとおりです」

亀石は真剣な面持ちでうなずいた。

「裕子さんのご意見を踏まえて、無量君には私から話をします」

＊

亀石が無量を連れてきたのは、発掘作業が終わった夕暮れの現場だった。

東京湾にかかる橋にも灯《あか》りがつき始めている。

海から吹く風を受けながら、金網越しに広大な敷地を見つめている。

もともと鉄道会社の車両基地だったという、この遺跡は、大藩の大名屋敷跡だ。発掘作業も大規模で、壮観だ。

「すげー……」

こんなに広い発掘現場は、見たことがなかったのだろう。

感動している無量に亀石は言った。

「すごいだろ。あんなでかい宝探し会場なかなかないからな」

「あれ、ぜんぶ掘っていいの……」

「どうだ。ウズウズするか」

輝きかけた無量の表情が、曇った。

金網に手をかけて、うつむいてしまう。

「……。なあ、無量。おまえは〝発見〟することが好きなんだよな」

剥《む》き出しの土が夕陽に照れされて、褐色に輝いている。

いくら海に近いとは言え、この都会でこんなに広い範囲の土が剥き出しになっているところなど、工事現場くらいだ。

無量は、小さくうなずいた。

「遺跡発掘、やらないか？」

亀石の提案に無量は驚いた。

「遺跡発掘っていうのは仕事にできるんだ。研究ばかりが発掘じゃない。発掘作業だけを専門にする職業がある。やってみないか？」

発掘作業員。

遺跡を掘ることを専門にする仕事だ。

「……俺は……でも……」

右手を見つめている。

亀石は「だよな」と言った。

「おまえのおじいさんは遺跡発掘をしていて捏造《ねつぞう》事件を起こした。おまえにとって、遺跡発掘はトラウマ以外のなんでもない。普通に考えたら、絶対にやりたくない仕事だよな」

「………」

「でも、おまえは掘りたいんだろ？　遺物を見つけたいんだろ？」

無量がうまく言葉にできないことをすくいとって、亀石は言った。

「おまえにとって遺跡も化石も同じ。宝探しなんだよな。あの事件があってから、おまえは発掘をやめたけど、掘りたい気持ちはずっと心の底から消えてなくて、だからこないだみたいになっちゃったんだよな」

「……俺は……」

「だったら、掘れ」

亀石は笑顔で言った。

「抑えられないくらい掘りたいんだろ？　だったらそいつを仕事にすればいいじゃないか」

「でも俺は西原瑛一朗の孫で……。捏造したやつの孫が発掘なんて……」

「何が悪いんだ。やればいいじゃないか。捏造事件を起こしたのは、おまえじゃない。おまえと祖父はちがう人間だ。祖父がまちがいを犯したからって、おまえが発掘やっちゃいけない理由にはならない。そんなのおかしいだろう」

無量はぽかんとしている。

「おまえはどうなんだ？　無量。掘りたいのか。掘りたくないのか」

「掘りたい」

即答だった。

「もっと掘ってみたい。でも」

こわい。

――まだ発掘なんかしていたのか！　こんな手、焼いてやる！

脳に染みこんだ恐怖が、生々しく甦《よみがえ》る瞬間がある。

「もしかして、おまえが今まで化石発掘ができなかったのは……」

「ハンマーを持つと、手が震える」

無量は青ざめた貌《かお》で、右手首を摑《つか》んだ。

「……あの時のこと思い出して、体が固まって、息ができなくなる……」

この約七年間、一度も化石発掘をしてこなかったのは、トラウマによるフラッシュバックのせいだった。

何度かハンマーを握ってみようとしたことはあったらしい。だが、握った途端にあの時の恐怖が甦って体のほうが拒絶してしまうため、まともに掘ることができなかったのだ。

化石を掘るハンマーは握れなかったが、遺跡を掘るスコップは握れた。遺物を掘り出すことならできたのだ。皮肉にも、祖父の罪を想起させる遺跡発掘現場では、無量は掘ることができた。

無量にとって遺物は化石の代替物とも言えた。宝探しであることに変わりはない。何かを掘りたい渇望を遺跡なら埋められる。小さな噴出口からガスが噴き出すように、抑圧されてきた衝動が、発掘現場で一気に噴きだしたのだ。

そういうからくりだったのか、と亀石は思った。

「謎が解けた……」

「え？」

「それなら、無量。なおのこと、呪いを解こう」

無量は目を見開いた。

「おじいさんからかけられた呪いを解こう。発掘をしてはいけないという呪いを」

それが解けたとき、無量はようやく自分自身を取り戻せる。

本当の自分を。

「君は必ず解放される。いつか必ず化石発掘もできるようになるよ」

「亀石さん……」

――さあ、脱出だ。

福島のアパートを出るときも、亀石はそう言ってくれた。

――ここから脱出して、知らない景色を見にいこう。

自分にとって亀石弘毅は、檻《おり》の鍵《かぎ》を開け、枷《かせ》を解いてくれる人間だったのか。

無量は受け容《い》れた。大きくうなずいた。

「では答えを聞かせてくれ。西原無量は何がしたい？」

「俺は」

もう迷いはない。

「俺は遺跡発掘がやりたいです」

よし、と亀石はうなずいた。

「宝探しの始まりだ」

目の前に広がる発掘現場は、まるで夕陽に照らされる荒野のようだ。

大地の下には幾万もの宝物が待っている。

世界中を駆け巡る無量の旅は、ここから始まったのだ。

*

それから八年——。

亀石はつくづく思う。

「——あんなにいたいけだった少年が、なんでこんなに生意気でえらそうなやつになっちゃったんだろうなあ……」

忘年会の二次会は宴もたけなわだった。

居酒屋で頬杖《ほおづえ》をつく亀石を見て、呆《あき》れた無量が言い返した。

「そりゃ決まってるでしょ。亀石サンが師匠んとこに俺を送り込んだからっすよ」

宵も酔いも深くなり、他のメンバーがグダグダになってきたところで、亀石のぼやきが始まった。いつものことなので無量は慣れたものだ。

「スパルタだし親父ギャグはひどいし、ホントひどい目に遭ったんすから。俺にぼやくなら自分の人選を呪ってくださいよ」

「……あのときはいいアイディアだと思ったんだよなあ」

鍛冶大作のもとで一から発掘調査を学ぶことになった無量は、昔ながらの徒弟制度のごとく、鍛冶の弟子としてあらゆる現場についてまわった。むろん、鍛冶の家に住み込みで二十四時間、顔をつきあわせる生活だ。

あまりの厳しさに何度も脱走をはかったりもした。

それを乗り越えた結果、いまの無量がある。

「おかげでこんなに図太くなっちゃったんですね」

萌絵《もえ》はいたく納得したようだった。

「納得すんなよ」

「西原くんのふてぶてしさとひねくれぶりは、師匠譲りだったんだ……。繊細でいたいけだった少年が……ああ、もったいない」

「なるほどね。どこでこうなっちゃったのかなあ、とは思ってたんだ」

「忍《しのぶ》まで」

亀石とのなれそめを聞いた萌絵と忍は、いろんなことが腑《ふ》に落ちた。

「つまり、鍛冶さんとこに弟子入りしなかったら、ミステリアスな神がかり青年のままだったかもしれないわけか。でも、そんなだったら、この業界じゃ長くは続かなかっただろうな」

忍の言うとおりだった。

遺跡発掘は肉体労働。繊細なだけではつとまらない。

「よかったな、無量。鍛冶さんに鍛えてもらえて」

「うれしくない」

「安心しろ。俺は今のふてぶてしい無量が好きだよ」

「私も」

「うれしくないって」

日焼けして骨太になった無量を見て、亀石は「まったく」と苦笑いだ。

あれから十年も経たないうちに、ここまで成長を遂げた無量の底力には舌を巻く。

三つ子の魂百まで。

されど、ひとつの物事をずっと好きでいられる以上の才能などないのだ。

「……ま、カセキとイセキは一文字ちがいだしな」

いつか雪の降る工事現場で、神を降ろしたかのように佇《たたず》んでいた無量の、儚《はかな》かった横顔も、いまは思い出のアルバムの中だ。

神がかりの巫子《みこ》はもういない。

鬼の手は、自分の力で、未来を摑んでいく。

縄文カフェへようこそ

「土曜日、空いてる？」

相良忍《さがらしのぶ》からの突然の誘いに、萌絵《もえ》は食い気味に応じた。

「休日出勤以外でしたら」

波瀾《はらん》万丈だった島原《しまばら》での発掘調査を終えて帰ってくると、世の中は秋の行楽シーズン真っ只中《ただなか》だった。

「バーベキューをやってみたいって無量《むりょう》が」

「BBQ……って？　あの西原《さいばら》くんが」

たまたま見ていたテレビの旅番組に影響を受けたらしい。

休日は家かホームセンターでダラダラ過ごす無量が珍しくアウトドアに興味を持った。

こんな滅多にない機会を忍が逃すわけがない。善は急げ、とばかりに奥多摩《おくたま》のキャンプ場を予約した。

「ふたりで行ってもいいけど、せっかくなら賑《にぎ》やかなほうがいいって話になって。永倉《ながくら》さんなら暇だろうと思って」

「はい。腹が立つほど図星です」

「よかった。じゃあ、これ」

渡されたメモには食材一覧が書いてある。

「道具はこっちでレンタルしとくから」

と爽《さわ》やかな笑顔を向けてくる。この笑顔が曲者《くせもの》だ。

おかげで萌絵は閉店間際のスーパーに駆け込まなければならなくなった。

「おのれサガラめ。イケメンはにっこり笑って頼めば何でも許されると思いおって。そのとおりですけども」

顔がニヤけて止まらない。

「はー！　相良さんとBBQ！　まじやばいムリ」

ごろ寝だけで終わるはずだった休日が急にキラキラと輝きだした。

忍が料理上手なのは周知のとおりだが、アウトドア料理というワイルドなシチュエーションはいやが上にも期待が高まる。というか妄想が広がる。

やはり、腕まくりした手で、焼いている肉に向かって、異様に高いところから、ぱらぱらーと塩をふりかけたりするのだろうか。

長い指でトングを握り、焼けた野菜をわんこそばの如く次から次へと紙皿に配ったりしてくれるのだろうか。

またしても新たな境地が開けてしまう。妄想する萌絵は無量がついてくることさえも頭から抜け落ちている。

その夜は遠足前の子供のように寝付けなかった。

＊

「……で、こうなるのね」

キャンプ場についた萌絵は、無量とともに河原で飯ごう炊さんのカマド作りにいそしむことになった。

「ホラそっちじゃないでしょ！　風上に開口部が向くように石積むの。雑すぎ。もっと丁寧に」

現場監督・無量の指示が飛ぶ。積んだ石をカマドにして鉄の棒を横たえ、そこで飯ごうの中の米を炊く。無量がやりたかったのはＢＢＱではなく飯ごう炊さんだったらしい。

「ねえ、こういうのって学校の遠足とか宿泊訓練とかでやるものじゃないの？」

「俺、学校で飯ごう炊さんしたことないもん。ほら米といで」

「なんか想像してたのとちがう」

岩の上では忍がイワナ釣りにいそしんでいる。

サングラスをかけたフィッシングスタイルも抜群に似合っている。長い脚を岩にかけ、華麗にルアーを操る姿は、海外のおしゃれ料理人もびっくりだ。

「釣り上げたら串焼《くしや》きにするから、適当な串も頼むぞー。無量」

購入食材のメモ欄に「肉」がなかった理由がわかった。現地調達という意味だったの

だ。萌絵は鉄の棒に飯ごうをつるしながら、

「ねえ。イワナの串焼きってＢＢＱ？」

「和風ＢＢＱなんじゃない？」

「じゃ、食材にナスとか大根とかこんにゃくとかあったのは……」

「串焼きにして田楽にするんでしょ？」

絵面が全くおしゃれじゃない。

「調達食材に味噌《みそ》とみりんと砂糖があったのは、こういう理由だったか……」

肩を落としかけた萌絵だったが、次の瞬間、華麗にイワナを釣り上げる忍に目が釘付《くぎづ》けになった。

忍の腕がひらりと釣り竿《ざお》を操ると、釣り糸が弧を描き、釣り上げられたイワナがみずみずしくのたうって水飛沫《みずしぶき》を放ち、キラキラと陽光を受けて輝く。

「す……すごい。リアル魚紳《ぎょしん》さんがいる……っ」

萌絵の実家は『釣りキチ三平《さんぺい》』が全巻揃っている家だった。

そうこうするうちに無量はカマドを完成させた。

「おし、薪《まき》は積んだから着火用の杉の葉と串用の枝探しに行くぞー。永倉」

他の家族客は車のそばにタープを張って、楽しそうにバーベキューコンロを囲んでいる。チェアに腰掛けビールを愉《たの》しむ人々を尻目《しりめ》に、萌絵たち一行は原始的なスタイルでのキャンプ飯だ。

「そっか。サバイバル訓練なんだよね。そういうことだよね。最近いろいろ事件に巻き込まれるから、やっとかないとね……」

「なにブツブツ言ってんの？　先行くぞ」

渓谷沿いには遊歩道が続いている。杉の木を求めて上流へと向かっていく。

渓流は気持ちが良い。

木漏れ日に水飛沫がきらきら光り、鳥の声が響いている。樹木が発する香りも濃く、胸いっぱいに吸い込む空気が澄んでいる。

「森林浴っていうのかな……。こういうのもいいね」

　このあたりはまだ紅葉には少し早いが、空気は秋気に満ちている。木の実がぽつぽつ落ちていて、葉は色褪《いろあ》せ、どこからか香るキンモクセイも秋らしい風情を醸している。

前を歩く無量は、マイペースだ。

相変わらず、ひとと歩調を合わせない。

海外から帰ってきてまだ半年も経っていない無量だ。萌絵があれだけ帰りを待ち詫《わ》びていた無量が、いま、びっくりするほどふつうにそばにいる。

小柄な白Tシャツの背中が頼もしい。いつか尖閣《せんかく》諸島らしき島で地底湖を探検した時のことを思い出す。後ろ姿を見ているだけで、顔が自然にほころんでしまう。

「なにじろじろみてんの」

無量の声に飛び上がった。

「びっくりしたー。西原くん、背中に目でもついてる？」

「見てたのかよ。つか、まじめに杉の木探してよ」

「あのへんじゃない？」

萌絵が指さしたところに針葉樹の斜面がある。

「おーし大漁」

無量が掌《てのひら》いっぱいに葉を拾って、袋に入れた。

「これで死ぬほど、火ぃつけられるぞ」

「ねえ、西原くん。みて。この先に博物館があるみたい」

遊歩道のわきに手書きの案内板がある。

「森の……縄文博物館？」

無量と萌絵は顔を見合わせた。

先は鬱蒼《うっそう》としていて大きな建物があるようには見えない。かろうじて古い小屋らしきものが見えるだけだ。

「遊歩道のずっと先にあるって意味じゃないかな。たぶん」

「ふーん。名前がちょっとメルヘンだね」

無量と萌絵はキャンプ場に戻った。

「おーい、どこまで枝取りに行ってたんだ？　早くご飯炊かないと」

忍のバケツはすでにヤマメとイワナで大漁になっている。

「すご。おまえ渓流釣りの名人だったの？」

「この日のためにルアーも厳選してきたよ」

「俺もやってみたい」

かくして、相良名人による釣り教室が始まった。

手取り足取り釣りに興じる無量たちの間には、萌絵が付け入る隙もない。

「相変わらず見せつけちゃって」

萌絵は火にかけた飯ごうの見張りをしながら、仲睦《なかむつ》まじいふたりに呆《あき》れている。

「人目も憚《はばか》らず、いちゃいちゃしすぎ。……おおっと噴いた！」

飯ごうからは、米の炊ける旨《うま》そうな匂いがしてきた。

その後は忍の指揮のもと、釣った魚を串焼きにして味噌汁《みそしる》も作った。焼栗を潰《つぶ》して田楽味噌と混ぜ、こんにゃく、生麸《なまぶ》、じゃがいもやかぼちゃ、りんごやマシュマロまで、なんでもかんでも手当たり次第、串で刺して炭火で焼く。まるで田楽パーティーだ。これが意外に楽しい。忍は木の実もちまで作り出して、一般的なバーベキューにはないメニューを愉しんだ。

「イワナ飯うまっ」

無量はいたく喜んでいる。

渓流の音を聞きながら、川原で食べるキャンプ飯は最高だ。

三人は青空のもと、串焼きを堪能《たんのう》した。

「ああ、おいしかったし、たのしかったあ」

萌絵も(肉ではないが)イワナの串焼きに塩をぱらぱらする忍は見られたので満足だ。

デザートの「川で冷やした牛乳寒天」も食べ終えて、無量は川原の石の上に寝転がった。

「サイコー。アウトドアって楽しいね、忍ちゃん」

「遺跡発掘もアウトドアみたいなもんなのに？」

「あっちは仕事だもん。ただのバーベキューならコロラドの発掘現場で飽きるほどやったし」

あくまで「渓流での飯ごう炊さん」にこだわったのは、そういう理由だったらしい。

川遊びも心ゆくまで堪能し、三人は片付けを始めた。

「日暮れまでまだ少し時間があるから、このまま奥多摩湖までドライブしようか」

「いいねー」

「あ、なら、あそこ寄ってみません？　森の縄文博物館」

萌絵の提案に忍が「なんだいそれ」と訊《き》き返した。

「この近くにあるみたいですよ。さっき遊歩道に案内板が。あったよね？　西原くん」

「ほんとに？　おかしいなあ。博物館なんて地図には載ってなかったけど」

忍は事前の予習を忘れない。周辺の観光施設は一通り見たはずだが「森の縄文博物館」などというものは、見た覚えがない。見たなら必ずチェックしたはずだ。

「最近できたんじゃない？」

カーナビで検索したが出てこない。

「最新版を入れてるはずなんだけど」

「でもあの手作り看板もけっこう古かったような」

もうすでに閉鎖してしまったのだろうか。

気になる。

本当にあるのかどうかが気になる。

「探してみようか」

三人は探検気分で遊歩道を歩き出した。

渓谷は上流にいくに従って草木が生い茂り、道も狭くなっていく。ハイカーも歩いておらず、物寂しい道だ。手書きの案内板を辿《たど》っていくと、遊歩道の分かれ道に「この上」という矢印があり、斜面の細道をあがるよう、誘導してある。

本日開館中、という札も下がっている。

「え？　あれ？」

斜面の上の方にログハウスとも呼べない、木造の小屋がある。

「まさか……」

三人は坂道を登り始めた。滑り止めの丸太もところどころ朽ちている。足元も湿って滑りやすく、お世辞にも登りやすいとは言えない。

辿り着いた小屋にはまぎれもなく「森の縄文博物館」という看板が掲げてある。

「この小屋が博物館？」

無量はしげしげと小屋の周りを窺《うかが》って入口を見つけた。ドアはかろうじて開いているようだが、人の気配がない。本当に入って大丈夫なのだろうか。

「ごめんくださーい」

博物館を訪れた客とも思えない声をかけながら、三人は中に入った。入館窓口も特になく、入館者の記帳ノートが置いてあるだけだ。

するとセンサーが感知したらしく、ピンポーンとチャイムが鳴り、電気がついた。スリッパに履き替えて進んでいくと、十畳ほどのスペースに縄文土器が並んでいる。

「あ、本当に博物館だ」

年季が入ったガラスケースに縄文土器が陳列され、手書きの説明板が添えてある。土器はどれもきちんと復元されていて、しかも立派なものばかりだ。

「すごいコレクションだな。どれも美品だ。公立の博物館にも見劣りしないぞ」

忍も目を輝かせている。

ひとつひとつが精巧で文様が凝っていて、深鉢、浅鉢、蛇のような把手がついた土器もある。少しではあるが、石器や黒曜石などもあり、こんな簡素な小屋の中とも思えないほど、内容が充実している。

「いらっしゃいませ」

奥から若い女性が現れた。

部屋着のような恰好《かっこう》で、ほぼすっぴんにちかい二十代ぐらいの女性だが、胸には「館長 小谷《こたに》春菜《はるな》」という名札をつけている。

「えっ、館長さん？　これ全部、あなたが集めたんですか！」

萌絵が驚くと「館長」はきょとんとして、すぐに「いえいえ」と手を振った。

「私じゃありません。祖父が集めたものです」

「おじいさまが？」

はい、と答えて壁に貼った地図を指さした。

「みんな、うちの山で祖父が発掘した土器なんです」

地図は周辺のものだった。個々の土器が出土した場所に印がついている。

三人は驚いた。

「発掘調査して出たものではなく？」

「大がかりな調査はしてません。このへんはうちがもってる山なんですけど、昔からちょくちょく土器のかけらが出てきていて」

考古学少年だった祖父が子供の頃から地道に発掘をして集めたものだという。

これには忍も感心した。

「すごいですね。これだけのものをよくぞおひとりで」

復元も自分の手でやったという。

初代館長だった祖父の写真が壁に掲げてある。「小谷宗治《むねはる》」。眉間《みけん》の皺《しわ》も深く、気むずかしそうな老人だ。

家は代々林業を営んでおり、発掘の専門的な勉強はしておらず、全て独学だったそうだ。

「家の倉庫には、もっといっぱいありますよ。ここに展示してるのはおじいちゃんイチオシのものなんです」

なるほど、出土品としても美術品としても一級の価値がありそうだ。倉庫で眠らせておくのは惜しい。

だが、そんな珠玉の出土品を展示するには少々、建物が簡素すぎる。見たところ、建ててから数十年は経っている。ガラスケースの中も最低限の湿度管理はしているようだが、なにせ設備が古い。

「昭和三十六年に建てたといいますから、もう半世紀ですよね。建物もあちこち古くなってしまって」

私有地に建てた私設の博物館だ。発掘調査というよりもあくまで趣味で掘っていただけなので「趣味の成果を披露するための場所」くらいの認識だったという。入館料もとっておらず、ガイドブックにも載っていないのはそのためだ。

キャンプや山歩きに来たひとが気づいて、休憩ついでに覗《のぞ》いていってくれればいい、という気持ちで作ったようだ。

「趣味が土器掘りって、すごいっすね」

しかも自分の家の山で「とれる」なんて、まるでタケノコか山芋のようではないか。

仕事で掘っている無量には、そのギャップが新鮮だ。

「土を掘って出てきた欠片《かけら》を集めて、パズルみたいに組み立てて、一個の土器に復元するのが、何より楽しかったようです」

学問や学術調査というよりも、あくまで「土器」という立体パズルを完成させることがメインだったのだろう。趣味を披露するのが目的なので、説明書きも専門的ではなく、いつごろのものか、とか、どういう形式のものか、などという記述はない。

「本物の縄文土器がパズル代わりって……なかなかスゴッすね」

復元は専門家でも大変な作業なので、初代の根気に無量たちは脱帽だ。

「おじいちゃんは去年亡くなりました。出土品の管理もあるので、私がにわか館長になって月二回ほど開けてるんですけど、実は土器とかのこと全然わかんなくて」

孫の春菜は苦笑いしている。

「滅多にひとも来ないし」

確かに記帳ノートには二、三ヶ月にひとりかふたり、いればいいほうだ。

「まあ、そんな感じすよね」

無量がド正直に答えたものだから、萌絵に脇腹をこづかれた。

祖父の土器に値打ちがあるのかどうかもよくわからない、という春菜に、忍が言った。

「どれも素晴らしいですよ。大きな博物館に展示していてもおかしくないくらい」

「そうなんですね……。うれしいけど、こまったなあ」

「何が『こまった』なんです？」

春菜は溜息《ためいき》をついた。

「……実は私、転職が決まったんです。調理師免許を活《い》かして割烹《かっぽう》料理のお店で働くことになったんですが、観光客に人気のお店で、土日は必ず出勤しないといけないので」

「えっ。じゃあ、ここは」

「はい。もう閉めないといけないかと」

無量たちは顔を見合わせた。

「本当は閉めたくないんです。ここの噂を聞きつけて遠くから来てくれるマニアのひとも、たまにいるので、そういうひとのために開けておきたいんですけど、そのために人を雇うことはできないし、管理するだけでも大変だし……両親はもう閉めようって」

あくまで祖父の道楽で続けていたような個人ミュージアムだ。

建物はガタが来ているし、修繕するのも費用がかかる。

「土器は全部どこかの博物館に寄贈でもして、専門のひとに管理してもらったほうがいいと。それと実は去年、台風で上流の斜面が崩れてしまって。ここも崩れないとも限らないから、と」

おんぼろの床はミシミシいうし、窓からは隙間風が吹く。

雨漏りの染みが天井に残っていたりもするので、確かに保管環境もどんどん悪くなっていそうだ。

「博物館がだめなら、いっそネットオークションとかフリマアプリで売れば、と兄も言い出して」

「えっ。ちょちょちょ、だめですだめです！」

それだけは思い留《とど》まって、と三人そろって止めた。

どこの誰とも知れないひとに売ってしまうのは、出土品の散逸につながる。

「ほら。こんな時こそ出番なんじゃない？」

と無量が萌絵の腕をつついた。

きょとんとしている萌絵に無量は「埋蔵文化財」と囁《ささや》いた。

萌絵は忍と顔を見合わせ、我にかえったように名刺をとりだした。

「……ああ、そうか！　申し遅れました。私たち、こういう者でして」

春菜は受け取った名刺をまじまじと見た。

「〝亀石《かめいし》発掘派遣事務所〟……？」

「はい。我々、埋蔵文化財を扱う事業のコーディネーター見習いをしています」

忍と萌絵は自分たちの業務について説明した。

「今日訪れたのは実は全くの偶然で。下流のキャンプ場に遊びにきてたんですけど、遊歩道で案内板を見つけて」

「ああ、お客さんだったんですね。あそこのキャンプ場もうちのなんです」

小谷家はこのあたりの山の地主だった。

忍たちが博物館とのつきあいも多い、と聞いて、春菜はすがるような目になった。

「もしよかったら、土器を引き取ってくれそうな博物館を紹介してくれませんか？　全部でなくてもいいんです。バラバラになってもかまわないので」

完全に業務時間外ではあったが、事情が事情だけに、このまま放ってもおけない。

忍が「わかりました」と答えた。

「一旦《いったん》、持ち帰って上の者と相談してから、また改めてご連絡します」

＊

「……言い方がやっぱりお役所なんだよなあ」

帰りの車の中で、無量が忍をいじった。

ハンドルを握る忍は「仕方ないだろ」と口を尖《とが》らせている。文化庁の職員として役所の流儀を叩《たた》き込まれてきたのだ。そう簡単に抜けるものではない。

「でも、おかげで信用してくれただろ？」

「うん、まあ。怪しげな人じゃないのは伝わったかな」

三人ともラフなキャンプスタイルで、無量にいたってはハーフパンツにサンダルだ。

名刺を渡すまでは完全に「川に遊びに来た学生グループ」と思われていたようだ。

「確かにあの小屋は、土器の保管をするにはちょっと心許《こころもと》ないよな……」

専門の学芸員がいるわけでもない。

これから先の管理も素人の春菜ひとりでは荷が重いだろう。

「博物館に寄贈するというのが一番、安心だし、現実的だと思うけど」

「……でも、あのロケーションもちょっといいんですよね」

後部座席にいる萌絵は、道路沿いの渓流を眺めて言った。

「山の中にぽつんとある小屋に、実はものすごいお宝があるっていう感じで。森の縄文博物館っていう名前もメルヘンチックでかわいいし」

「確かに。意外性はあった」

窓から見える景色もいい。

目の前には雑木林が生い茂り、谷には清流。いかにも鳥や動物がいて木の実がごろごろ落ちていて、まさに縄文の森だ。

「縄文時代のひとたちはこんなとこで暮らしてたのかーって実感できんじゃん」

「ああ……なるほど。そういう考えもあるか」

忍も利点に気づいた。

「確かに、公立の博物館は空調も管理されてて、火災にも強くて、保管する環境としては申し分ないけど、出土した土地からは完全に切り離されてしまうからなあ」

展示されて日の目を見るのはまだいいほうで、そうでないものは味気ない保管庫に整然と収まっているだけだ。限られた展示スペースを他の遺物と争わなければならない。縄文時代の森を人工的に復元した展示もよく見かけるし、竪穴《たてあな》式住居や人形は当時の様子（推定）をわかりやすく伝えるが、実際の森の奥行きや匂い、その土地ならではの風景までは再現できない。

「それに出土した遺物は現地保存ってのが大原則なんでしょ？　だったら、あの場所で展示するのが一番いいじゃん」

「うん。建物は古かったけど、あれが逆に手作り感があってよかったなあ」

古い木造校舎のような雰囲気の空間が、萌絵はいたく気に入ったようだった。

木枠の窓、よく磨かれた床板、薄暗い照明。

「人生かけて掘ってきたのが、伝わってくる感じがしたもの」

萌絵は小谷老人の写真を思い浮かべていた。

「博物館に収まっちゃうと、誰が掘ったとか、どこで掘ったとか、そういうのはわかんなくなっちゃうけど、あそこなら、伝わってくる気がするんだなぁ」

とはいえ、やはりあのまま残すのは難しそうだ。滅多に訪れない客のために残すのには維持費の問題もあるし、防犯や安全のこともある。

老朽化した建物をわざわざ建て替えても、お客がこないなら意味がない。大事にしていた本人がいなくなってしまった後は、正直、小谷家にはお荷物なのだろう。

「廃線になる鉄道もこんな感じなんだろうなあ」

無量もしみじみと言った。

惜しまれつつも、と終わる時には注目をあびるが、それは「終わる」からなのだ。赤字が続く施設の存続は難しいというのは、どこの世界も同じなのだ。

「とはいえ、フリマアプリで二束三文で売られて、どこともわからないところに送られてしまうのだけは阻止しないと」

まずは亀石所長に相談して、対策を練ることにした。

*

「ほう。こりゃなかなかいい博物館じゃないか」

亀石は開口一番、こう言った。

忍たちから話を聞いて、さっそく画像を確認し、その品揃えのよさに感心したようだった。

「この深鉢がいいね。勝坂式の流れを汲《く》む美品だ。蕨手文《わらびてもん》もくっきりあってバランスもいい。こっちのはみずち文らしき文様がユーモラスだし、なによりこの甕形《かめがた》土器は芸術品だな。井《い》戸《ど》尻《じり》にも負けない完成度だ」

批評家のようなことを言って悦に入っている。

「多摩ニュータウンの縄文土器も勝坂式の影響が見られるが、ここのはより顕著だね。学術的にも価値は高いと思うよ」

「趣味で掘っていたらしいんですけど」

「うーん。発掘時の詳細な記録はとってないってことか」

「出土した時の写真は撮ってるそうですけど整理されてなくて、土層の様子とか実測まではしてないようです」

あくまで目的は「遺跡調査」ではなく「土器集め」だったから仕方ない。

小谷老人は土器の学術的・歴史的な意味や価値よりも、土器そのものの造形に惚《ほ》れ込んで発掘をしていたようだ。確かに展示されているものは、どれも現代アートのように奇抜でユーモラスだ。

当人からしてみれば、正しく「宝探し」だったにちがいない。

「……調査データが甘いとなると、学術的な価値は多少、下がるかもしれんなあ」

「出土場所は記録してるみたいですが」

現場には番号付きの杭《くい》が残っているという。

「必要ならあらためて調査を入れることは可能だと思います」

「なるほど」

結論としては、やはり公的機関での保管が望ましい、というものだった。

ふさわしい設備があるのならば、地元の博物館で展示・保管するのがベストだが、そこまでのものがない場合は、都の公益財団法人の運営する施設にかけあうことになるという。

地元自治体にも問い合わせてみたが、あまり大きな保管設備がないようで、よその施設に頼んだほうがよさそうだとの返答だった。

「そうか……。地元は厳しいかぁ」

現場帰りの無量とも近所のファミレスで落ち合って、忍と萌絵は今後の対応を話し合った。

「……ま、どこの自治体もお金がないし、箱ものバンバン建ててたバブルん時みたいにはいかないし」

「単純に遺物を後世に残すだけなら、保管設備の整ってるところに任せるのが間違いないんだろうけど」

忍は食後の珈琲《コーヒー》を飲みながら、言った。

「……それだけで本当にいいのかな」

「というと？」

「この間、永倉さんも言ってたけど、小谷さんがあそこで展示してたのって、実はとても貴重だったんじゃないかって思えてきたんだ」

発掘では、物と場所は一体だ。

そのどちらが欠けても意味をなさなくなる。

「あの土地から一度持ち出してしまったら、今まで小谷さんの土器が持っていたストーリーの大半が失われる。そんな気がしてならない」

「おっ。忍もやっとわかってきたじゃん」

無量はステーキ丼をかきこみながら、言った。

「だから、地元がいいって言ってんの。だって、風景って遺物がもってた情報そのものじゃん。風景があってこそ遺物は語れるし、生きられる。風景から切り離された途端、ただの記号になっちゃう」

「博物館に陳列してある遺物はよそゆきの顔してるって、おまえがよくいうのも、そういうこと？」

「あんなの卒業アルバムの集合写真といっしょ。お行儀良くてつまんない。……俺はいつも端っこの丸ん中だったけど」

「相変わらず不思議な言い回しするなあ、西原くんは」

萌絵は感心を通り越して、呆《あき》れている。

「……私もねえ。あれを掘った小谷さんの人生と土器たちが、切り離されちゃうのは、ちょっと淋《さび》しいかなあ」

よほどあの小さな古い教室のような「博物館」が気に入ったのだろう。

窓から見える森の風景も、いま思えば独特のものがあった。

「自分で掘って、自分で復元して、自分で展示した……。掘って復元したひとの顔が見える博物館なんですよね」

寄贈に反対ではないが、積極的に賛成もできないでいる。

遺物と場所と掘ったひと。三つが揃っている博物館は、実はとても珍しいのだ。

「個人美術館みたいな独特の雰囲気だったしな」

「小谷さんの名前を残して、あの場所に残す手だてはないでしょうか。たとえば、自治体で運営してもらうとか」

どうだろうなあ、と元文化庁の忍は首を捻《ひね》る。

「自治体の運営となると税金を使うことになるし、赤字の個人ミュージアムを無条件で引き受けるというのは、今日日なかなか難しいと思うよ」

「じゃあ、民営なら？」

「ますます難しい。まず儲《もう》からないし」

その後も、あれやこれやと知恵を出し合ったが、どれもうまくいきそうにない。三人は知恵が尽きたというように、黙り込んでしまった。

「やはり、このご時世じゃきびしいか……」

森の縄文博物館を、どうにか存続させることはできないのだろうか。

＊

　二週間後、無量たちは再び奥多摩に向かった。

　キャンプ場は今日も賑《にぎ》わっていたが、森の縄文博物館にまで足を延ばす者は、相変わらずいないようだ。

　無量たちが訪れると、春菜は温かく迎えてくれた。

　忍は結論を伝えた。地元自治体での引き受けは難しいが、少し遠方の博物館なら仲介できると話すと、春菜は「ありがたい」と喜んだ。

「両親にもあらためて相談してみたんですが、引き取ってもらえるなら、もうどこでもいいそうです。土器の値打ちとかよくわかんないんです、両親も」

　でも、と春菜は顔をあげた。

「皆さんに教えてもらって、あれから私、勉強してみたんですよ。縄文土器ってすごいんですね。あと、うちの土器が素晴らしいっていうのも納得できました。おじいちゃんはそれがわかってたから掘り続けたのかも」

　無量たちは顔を見合わせて、訊《たず》ねた。

「……あの、春菜さん。やっぱり寄贈しますか。残すという方向でご両親を説得することはむずかしいですか」

理由を語ると、春菜も「わかります」と答えた。

「……この博物館は、おじいちゃんのライフワークそのものなので、本当は私も残したいんです。でもやっぱり管理には人手もお金もかかるので」

「そう、ですよね……」

「ここからの眺めも、私、好きだったんですけど」

窓から見える森には、時々、鹿やたぬきもやってくる。

石油ストーブで餅《もち》も焼いた。祖父との思い出も詰まっている。

土器の専門家ではなかったが、祖父が林業の傍ら、コツコツと掘ってコツコツと復元した土器たちだ。

子供の頃から親しんだ土器は、祖父の思い出そのものだ。

「……本当は手放したくないんです。でも」

祖父の写真を見上げて、春菜は悲しそうにしている。

無量たちはそれ以上、力になれそうもなかった。

帰りは春菜がキャンプ場まで見送ってくれた。キャンプ場はそんな事情を知らない家族連れや友人グループで賑わっている。

「このひとたちがみんな、博物館にまで来てくれたらいいのに」

ビラでも配りましょうか、と萌絵が言った。

春菜は苦笑いだ。

「最近キャンプが流行《はや》ってることもあって、ここのキャンプ場はとても繁盛してます。両親は拡張するつもりのようで、ゆくゆくはカフェも作ろうと」

「渓流カフェですか。いいですね」

周りは爽《さわ》やかな森林だ。テラス席でも作って清流を眺めながらスイーツなどを愉《たの》しめたら、人気の店になりそうだ。

「両親は私にそのカフェを任せてくれると言ってくれてるんです。調理師免許をとったのも実はそのためで。今度のお店では経営の仕方を学ばせてもらうことになっていて」

割と本格的に話は進んでいるという。

もう設計にも取りかかっていて、一年後の開店を目指している。

なるほど、そうなると、ますます博物館のほうまで手が回らないだろう。

「この立地なら繁盛すんじゃないすかね。遊歩道もあるし、キャンプが目的でなくても立ち寄るひとも……」

「……それだ」

忍が、ぽつり、と言った。

「それですよ。春菜さん」

「え？　それって？」

「そのお店を博物館と兼業にしてしまうんです！　縄文土器を展示するギャラリーとカフェスペースを合体させてしまうというのはどうですか」

無量と萌絵も目を丸くした。

合体……？　だと？

「ほら。今時のミュージアムには大体、カフェが併設されてるだろ？　その逆の発想だ。カフェにミュージアムを入れてしまうんだ」

「隣にくっつけるってこと？」

「いや。中だ」

忍はメモを取りだして、ボールペンでさらさらと見取り図を書いた。

「こんなふうにカフェの空間の真ん中にガラスケースを置いて、その中に縄文土器を入れてしまうんだ」

ええ！　と無量たちは声をあげた。

忍は自信に満ちた口調で言い放った。

「〝渓流も土器も見られるカフェ〟……名付けて〝縄文カフェ〟だ！」

＊

忍はふだんは温和で冷静で物腰も柔らかいが、ふとした拍子に子供の頃の「ガキ大将な忍」が顔を覗《のぞ》かせる。

ひとたび何かを思いついたら「みんなついてこい」とばかりに一直線に走り出すとこ

ろがあった。

猪突《ちょとつ》猛進で突っ走って、何かにぶつかるまで止まらない。ぶつかってもすぐに体勢を立て直して走り出す。その思い込みの強さで近所の子供のリーダー的存在だった。龍禅寺《りゅうぜんじ》に引き取られてからはずっと押し殺してきたであろう、本来の忍だ。

忍は「縄文カフェ」の実現に奔走しはじめた。

萌絵は振り回されて目を白黒させているが、無量はうれしそうだ。

「やっぱ忍はああでなくっちゃ」

ひとつのことに夢中になると、止められなくなる。

無量は一点集中型で周りが見えなくなるタイプだが、忍の集中の仕方は爆発型で周りを巻き込むタイプだ。頭の回転が速い忍は、次から次へとアイディアが思いつく。そうなるとどんどん行動に移さずにはいられない。

忍が思いついたのは「森の縄文博物館」を「森の縄文カフェ」というコンセプトカフェにして、存続させる方法だ。

逆転の発想だ。あくまでメインは飲食店。

だが、カフェに飲食に来た客が、いながらにして縄文土器を鑑賞できる。

「スペースをわけてしまうと、ミュージアムに興味のないひとは見てくれないし、うまく動線が引けても通り過ぎるか、さらっと流し見しただけで帰ってしまうだろう」

そこで忍が思いついたのは、カフェの中に「土器」を置くことだ。

オブジェにしてしまうのだ。

「カフェなら、みんな一定時間、テーブルにつく。その場に留《とど》まる。だったら、その客のそばに土器を置いてしまえばいいんだ」

いやでも目に入る場所だ。自然と土器に視線がいくだろう。

博物館で見るよりも、よほどじっくり見られるはずだ。

「まあ、確かに、店内だから全部の土器を歩いて見て回るのは難しいけど、ひとつの土器を時間をかけて見るというのは、なかなかできないことだ。ちがうか？」

テラスからは森と渓流が見える。

この谷から出た「縄文土器」だということを客は実感できる。

遠方にある博物館のガラスケースの中ではとてもかなえられないことだ。

「できればケースに入れないで、素のまま展示できたらいいけど、そこは専門家に相談だな。保管と鑑賞が両立できる形を探ろう」

小谷家の土器は「私物」なので、ある程度、融通も利く。

忍の提案に、春菜は目から鱗《うろこ》が落ちたとばかりに喜んだ。

「それなら、おじいちゃんの土器をそばに置いておけますね」

もちろん、当初の簡単なカフェよりも予算は増えるし、クリアしなければならない事柄も多々ある。

だが、そこは「亀石発掘派遣事務所」の仕事だ。

亀石に相談したところ、興味津々、のってきた。

「なるほどなぁ。古いミュージアムのリニューアルみたいなもんか。そういう案件もこれから増えてくるかもしれんぞ」

昭和の発掘ブームで建てられた地方の博物館は、そろそろ建て替えやリフォームが必要になってくる時期だ。

比較的小規模の博物館リニューアルをカメケンでコーディネートできるようになったら、それも業務のうちになるのではないか。亀石はそろばんをはじきだした。

「よし、やってみろ。相良。今回はお試しだ。人材が必要なら、俺のほうからも紹介してやる」

こうして、正式に忍が「森の縄文博物館」リニューアル計画を担当することになった。

忍は「縄文カフェ」のコンセプトに基づいて遺物保存の専門家である学芸員と建築家とを招いてチームを作ることにした。

費用を軽くするために、埋蔵文化財方面で使える助成金がないか徹底的に洗い出した。古巣の文化庁に赴いて、元先輩職員に意見を求めたりもした。しかし、当然ながら飲食店という業態がネックになった。

ただ小谷家の土器は、どれも文化財指定は受けていないので、上から制限をつけられることがないのは利点だ。下手に文化財指定を受けると、保管方法にも厳しい注文がつく。そういうものがない無印の「野良《のら》」土器だったので、扱いは所有者の裁量にある程度まかせられる。

「建築デザインを請け負ってくれる設計事務所は、カフェもミュージアムも両方経験のあるところに頼むことにした。そしたら、奥多摩の使われなくなった古民家を再利用できそうだって話が飛び込んできて」

忍は帰宅すると毎日のように報告をする。

「へえ、すごいじゃない」

夕食のテーブルを囲みながら、無量は忍の弾丸トークに聞き入った。

「古民家の移築再利用ができたら、建築費も抑えられる。小谷家のひとたちも賛成してくれた」

旧「森の縄文博物館」の昭和なたたずまいもよかったが、さらに味わいが増しそうだ。

「本物の縄文土器がオブジェだ。内装はシンプルにする。縄文土器のパワーが引き立つようにね。竪穴《たてあな》式住居っぽく照明を暗くするのもいいなあ」

話している間にもアイディアが湧いてきて止まらなくなる忍を見て、無量はなんだか笑顔になってしまった。

「……え？　なにか可笑《おか》しいか？」

「いや。忍が生き生きしてて嬉《うれ》しいなあって思って」

梨にかじりつきながら、無量は喜んだ。

「物腰柔らかな忍もいいけど、やっぱ俺は、ガキ大将みたいな忍みてるとホッとする。

だって昔のまんまなんだもん」

忍自身、まったく自覚がなかったので戸惑った。思わず顔を撫《な》でた。

「そ……そうかな」

「永倉もびっくりしてる」

それに、と無量は心の中で思った。

今の忍にはまだどこか危なっかしいところがある。

忍は十代の頃、引き取られた先で受けた「悪しき教育」からまるで心を守るように、奇妙な二面性を備えるようになっていた。時折見せる、ひとをひととも思わないような酷薄な一面は、子供の忍にはなかったものだ。

井《い》奈《な》波《ば》の「呪い」を浴びながら、冷たく閉ざした心の奥底で、殺された家族の復讐《ふくしゅう》を期してきた。いま、忍は落ち着いているけれど、何かのきっかけで、いともたやすくあちらの世界に戻ってしまいそうな危うさを抱えている。

今の、物静かで穏やかな忍は、心のバランスをとるために得た性格のように無量には思えるのだ。

だが「ガキ大将な忍」を見ていると、忍に植え付けられた「暗く寒々しい一面」も、生まれながらに持っていた陽の魂の力で、溶かして消せるような気がするのだ。

忍が「自分」を取り戻すためのきっかけは存外、こういう仕事をする中にあるのではないか、と無量は思った。

少なくとも、物静かで穏やかな忍よりも、ずっと安心して見ていられる。

「ガキ大将でいてよ、忍ちゃんは……」

「無量」

「忍が何かに夢中になってると、俺、安心するし」

むろん、ひとは誰しも、自分自身の変容はうまく自覚できない。だから忍も、無量が思うようには、今の言葉を理解できないだろうが——。

ふと忍が淋《さび》しそうな眼差《まなざ》しになった。

……ような気がした。

が、それは一瞬で、忍はまた物わかりのいい顔になり、

「……おまえが安心できるっていうなら、俺も遠慮なく暴走させてもらうよ」

「ガキの頃みたいに？」

「ガキの頃以上に」

天真爛漫《てんしんらんまん》だった頃の笑顔が戻ってくるような気がした。

大丈夫。ここにいれば、忍はきっと昔の忍を取り戻せる。

——〝革手袋《レザーグラブ》〟から目を離すな。

謎のメールの文面が無量の脳裏をかすめた。たとえどんな事情を抱えているとしても。

忍の魂の力を信じたい、と無量は思う。

縄文カフェ計画は順調に進んだ。

だがこの後、思いがけぬ事態が「森の縄文博物館」に降りかかるのだ。

＊

「なんですって！　土砂崩れ？」

春菜からの報《しら》せを受け、カメケンに激震が走った。

きっかけは一週間ほど前の台風だった。

関東を直撃して近年にないほどの大雨をもたらした。都心でも河川が溢《あふ》れてあちらこちらで洪水が起き、山のほうでは土砂崩れが起きて、道路が寸断したところが何カ所もあった。小谷家の付近では幸い道路の寸断はなかったものの、山には斜面の崩れた痕《あと》がいくつか見受けられた。

キャンプ場付近は無事だったのだが、問題はその後に起きた地震だった。

東京で震度四。

揺れはしたが、家の物が落ちたり倒れたりするほどではなかった。しかし、雨をたっぷり吸い込んだ斜面の土には、これが引き金になった。

土砂崩れが起きたのだ。

幅二十メートルほど、斜面が崩れた。

その場所が「森の縄文博物館」の真横。目と鼻の先だという。

『博物館の建物はなんとか巻き込まれず済んだんですが、危険な状態でして……』

これでまた大きな地震が起きたりしたら、博物館も土砂崩れに巻き込まれかねない。

木造の小屋だ。鉄筋コンクリートのようにくい打ちしてあるわけでもない。

土砂崩れに巻き込まれたら、ひとたまりもない。

「まずいな……」

忍が顔を曇らせたのもムリはない。

天気予報によると、次の週末、再び台風が来る。前回の台風に負けないほど、大きい。

進路は今のところ直撃ではないが、雨雲の発達している部分が通るため、油断できない。

これでまたさらに大雨になったら。

「わかりました。とにかく行きます」

忍は車に飛び乗ると、すぐに現場に向かった。

春菜の説明した通りだった。

斜面が崩れて遊歩道が埋まってしまっている。

土砂と一緒に崩れて倒れた樹木が渓流に横たわり、上流に水が溜《た》まって池のようになってしまっている。

このままでは危険なので、樹木の撤去作業が進んでいる。工事車両が入ってはいるが、道が狭く、なかなか捗《はかど》らないようだ。

しかも「森の縄文博物館」は規制線の向こうで、立ち入ることができない。

「困りましたね……」

忍が思っていた以上に事態は深刻だった。

土砂崩れは博物館のすぐ足元まで迫っていて、なにかの拍子に床下も崩れてしまいそうだ。

土が抉《えぐ》られた場所の斜面には、まだ時折、ぱらぱら、と土砂が落ちている。

「足元の地盤ごと崩れたら、あっというまにもっていかれて全壊だ」

そんなことになったら、当然、中の土器も全部、おしゃかだ。

損壊がひどければ、二度と復元もできなくなるだろう。

小谷宗治氏の功績は永遠に失われてしまう。当然、縄文カフェどころではなくなるだろう。

「どうしたら」

春菜と両親も、途方に暮れている。

とても危険な状況だ。

「どうにか土器だけでも外に運び出さないと……」

だが、小屋には車がつけられない。渓流沿いの遊歩道までおりなければならないが、遊歩道の道幅も軽トラや小型ショベルカーがやっと一台入れるほどしかない。今は渓流の土砂を除く作業で道はふさがっている。

「いくつかの土器はもともと、かけらの状態で持ち込んだものを、あの小屋の中で復元したそうです」

持ち込んだ時はパズルのピース状態だったが、今は一個がかなり大きい。

ひとつひとつ抱えて持ち出すしかない。

それで往復するとなると、大変な手間だ。

「……とにかく、次の台風が来るまでに運び出さないと。わかりました。僕が役場の方に相談して、中の土器を避難させられるよう許可をもらいます」

と、言っているそばから、

「わ。地震」

また揺れた。

群発地震なのか、ここ二、三日、頻度が高い。

「まずいな。大きいのが来たら、一気に崩れるかもしれない。とにかく急ぎましょう。すぐに動きます」

忍は言葉通り、あちこちと連絡を取り始めた。

こうして『小谷家の出土品救出作戦』が始まった。

忍が関係各所を説得して回ったところ「次の土曜日に一時間だけ」規制線の中に入る許可がおりた。

だが、車をじかにつけられないので、一個一個、人力で担いで急な斜面を下り、遊歩道に出てキャンプ場まで持っていかなければならない。

「人海戦術だな。手伝えるひとを集めてください。多いほどいい」

忍の呼びかけで、当日は、無量たちはもちろん、亀石建設の遺跡調査部から柳生《やぎゅう》たちも応援に駆けつけてくれた。

小谷家のほうからも親戚《しんせき》一同や集落のひとたちが集まった。林業で鍛えた男たちの参加は頼もしい。

「そりゃあ、宗治さんのためだもの。力になるよ」

組合の仲間だったご年配たちも、山に入るスタイルで来てくれた。

「大昔の土器掘って組み立てるなんて風変わりな趣味をもってるやつだと思ってたけど、実はすごい値打ちもんだったんだって?」

「宗治さんには世話になったし。これくらいなんでもないよ。まかせとけ」

総勢三十名はいるだろうか。

指揮を執るのは忍だ。役割分担を決めて、皆を次々と配置する。

いつも自信満々の忍がやけに緊張している。無量もこういう忍はあまり見たことがない。

これだけの人数が一斉に動く中で、万が一にも事故があってはいけない。

「それでは始めます！」

ヘルメットをかぶって小屋に乗り込んだのは、遺跡発掘チームだ。カメケンの面々と柳生たちが、まず土器を梱包《こんぽう》する。それを建物の外で待ち受けるのは、林業組合の人々だ。山を歩き慣れたプロたちが、土器を背負って急斜面を降りる手はずだ。遊歩道でリヤカーに載せて、キャンプ場まで往復する。

「土砂崩れの兆候がないか、見張りもお願いします」

「おう。まかせとけ」

山を知る年配が地盤の見張り役についた。

トランシーバーでやりとりをしながら、次々と運び出す。

「慎重に、慎重にな！」

梱包された土器は、大きなものは昔ながらの竹籠《たけかご》に入れて背負う。緩衝材を詰めた竹籠だ。これが一番具合がいいようだった。

全部で大小、二十個ほどある。

土器は見かけよりも重い。それを慎重に運び出す。無量も梱包を手伝った。

「把手《とって》が折れやすいから気をつけて」

そのかたわらで、萌絵とキャサリンは細かい石器を梱包する。分類ごとにナンバリングし、出土場所と照合する。ごちゃごちゃにさせないよう、ここは遺物整理のプロ・遠《とお》山直美《やまなおみ》が指揮をとった。

作業は順調に進んでいたが。

突然、みし、とガラス窓が鳴った。

「うわ。地震！」

小屋がガタガタと揺れた。

皆は思わず固まった。緊張が走った。

揺れは、一分ほどで収まった。

「斜面は大丈夫か！」

地盤の変化を見張っていた年配男性からトランシーバーを通じて返事があった。

変化なし、とのことだ。

しかし、大きな揺れが重なると、どうなるかわからない。地震で揺さぶられて、一気に崩れたら、皆が巻き添えを食らう。

「慌てず、急いで、慎重に……だな。よし、残り半分お願いします」

作業の総指揮をとる忍のもとには、進行状況を伝える声が次々と飛び込んでくる。それらを整理して指示を出す。

土器の搬出が大方、終わった。ガラスケースは空っぽになった。

「土器台などはまだ使えるので持っていきましょう。あと他に持ち出せるものは」

春菜が祖父の写真を見上げている。

気づいた忍が、踏み台を持ってきて額ごと写真をおろし、春菜に渡した。

「もちろん、おじいさんもいっしょですよ」

「はい！」

説明書きや記帳ノートや書籍も段ボールに詰め、持ち出した。空っぽになった展示室を、春菜は名残惜しそうに見つめている。

子供の頃から訪れて、祖父と遊んだ思い出の場所だ。

「さよなら。おじいちゃんの博物館」

玄関に掲げてあった「森の縄文博物館」という手製の木製看板をおろし、それをもって小屋を出る。

春菜は涙を拭《ぬぐ》って扉を閉めた。

「……ありがとう」

館内で作業していた者は全員、撤収だ。急坂をおりていきながら、春菜は林の向こうに遠ざかる「森の縄文博物館」を何度も何度も振り返っていた。

搬出した土器は全て、無事、駐車場のトラックまで運び出すことができた。

「以上で作業は終了です。皆さん、お疲れ様でした！」

忍の一声で、拍手が起こった。

制限時間ぎりぎりだ。

救出作戦は無事完了した。

「土器はこのまま亀石建設の作業場に運んで、実測作業を行います。必要なところには修復もほどこし、いずれは報告書にもまとめます。作業終了後はそのまま保管庫で預かります。次のお披露目まで大切に預かりますから、安心して待っててください」

忍の言葉に、小谷家の人々は「よろしくお願いします」と深く頭を下げた。

土器は改めて運搬のための梱包を施し、専門業者の手でトラックに積み込まれる。

トラックが出発していくのを見届けて、亀石が忍をねぎらった。

「今日はよくがんばったな。見事な手際だったぞ」

「なんとか、無事に終わりましたねぇ」

肩の荷が下りた。そんな顔をしている。

びっしりと書き込みがされた進行表が、忍のプレッシャーを物語っていた。

山の上空は台風の影響が出てきているのか、厚い雲が覆い始め、ぱらぱらと雨も降り始めている。

「天候のほうも、ぎりぎり間に合いましたね。相良さん」

萌絵が冷えたペットボトルのお茶を忍に手渡した。

「ありがとう。永倉さんも色々手伝ってくれて」

「いえいえ。私がやったのはリヤカーと梱包資材を調達したことくらいですから」

自分が請け負っていたらここまで完璧《かんぺき》な救出作戦を立てられたかどうか。

ライバルとしてはギリッとしてしまうところだが、コーディネーターとしての忍の腕には学ぶところも多かった。

「あの味わい深い小屋で見られなくなっちゃうのは淋《さび》しいけど、リニューアルしたら、今度こそたくさんのひとに土器見てもらえるようになるといいですよね」

たしかに、と無量も後ろからやってきた。

もう缶チューハイを飲んでいて打ち上げ気分だ。

「……まあ、でも、おかげで学術的な調査もできそうだし、いい機会だよ。おじいさんも喜んでるんじゃない？」

「だといいな」

「博物館のガラスケースの中だけが土器の見せ方じゃないかもしんないし。カフェのオブジェに二次利用される縄文土器なんて聞いたことないけど、楽しみだね」

無量は小気味よさげだ。

「……ま、俺だったら、あの土器使ってキャンプ場で米炊くけどね」

「半分本気だから怖い」

「あーキャンプしてー」

無量は甘えるように額をすり寄せた。

「来週も来ようよ。忍ちゃん」

「酔っ払ってるぞ。無量」

忍からデコピンをくらって、無量は痛がった。

台風の接近を知らせるように風も出てきた。森の木々がざわめいて嵐の到来を知らせている。こちらも早々に撤収したほうがよさそうだ。

「さあ、台風に追いつかれる前に帰るぞ。みんな！」

大粒の雨に追い払われるように、カメケン一行は縄文の森を後にした。

＊

あれから一年が過ぎた。

忍が手がけた「森の縄文カフェ」は無事オープンする日を迎えた。

オープニング・セレモニーには忍と亀石も立ち会った。

古民家を利用したカフェはレトロながら洒落《しゃれ》た雰囲気で、インテリアには木材をふんだんに使って、店内は木の香りに包まれている。テラス席もあって渓流の音も森林も愉《たの》しめるようになっていた。

小谷宗治の「縄文土器」は、店の主役だ。

看板にも「KOTANI MUNEHARU's COLLECTION」と名が入っている。

春菜の希望でなるたけケースには入れずに展示したので、店の雰囲気に溶け込んで、まるで何かのアートのようだ。

希少価値が高いとみなされた土器のみ、ガラスケースに入っているが、それを中央に配置したことでより象徴的な空間になり、全体の雰囲気もぐっとアート風になった。

客は、レプリカと思っていた縄文土器がすべて本物だと知って、驚いている。

カフェとミュージアムが合体した「縄文カフェ」は、結構な話題になっていた。

珍しもの好きの若者がSNSにあげたり、地元のテレビ局が取材に来たりして、開店早々、大賑《おおにぎ》わいだ。

無量と萌絵も、週末を利用して店を訪れた。

「うわー……。ほんとに縄文土器がカフェにある」

なかなかの存在感だ。

藤内《とうない》式の名残をひきつぐ美しいみずち文の深鉢と、大胆な立体文様が目を惹《ひ》く甕《かま》形土器が、中央のガラスケースに鎮座する。

あえて店内を暗くして、ライティングで縄文土器が浮かび上がるようになっているため、とても印象的な空間に仕上がっていた。

「すごい。小屋の中にあったのと同じものとは思えない」

萌絵も興奮している。

「縄文土器はやっぱりこの陰影が肝だからね」

忍は得意げだった。

「暗い竪穴《たてあな》式住居の中で、焚《た》き火に照らされる土器は、縄文人にはきっとこんなふうに見えたと思ってね。少しは体感できるかなって」

「縄文人の気持ちで飲食できるってわけですね」

「どうせなら、建物も竪穴式にしちゃえばよかったのに」

「それだと出せるスイーツはどんぐりくらいだな」

古い建物好きな萌絵は古民家にも興奮した。

「築百年は経ってますね。地元の古民家でしょう？　時代を隔てた過去と過去の融合じゃないですか」

テラス席は明るく、森と渓流を満喫できる。

大きなガラス戸で仕切られているので、店内からも額縁に入った絵画のように、外の景色を愉しめた。

「お久しぶりです。永倉さん。西原さん」

テーブル席についた三人のもとに店長の春菜がやってきた。

「春菜さん、開店おめでとうございます」

「ありがとうございます。おかげさまで、無事オープンにこぎつけました」

土偶をかたどったエプロンをつけた春菜は、以前よりも垢抜《あかぬ》けて、表情も明るい。

店長としての責任感がそうさせるのか、頼もしく見えた。

「メニューも縄文をコンセプトにしました。どうですか？」

「いいですね。土器ソフトに土偶パンケーキ……どれもおいしそう」

「ええ……、そりゃあもう。見てくれだけじゃ駄目、味も最高でないとって相良さんが。恐ろしい回数、駄目出しをくらいまくった成果です……」

鬼コーチ忍の味見で何度突っ返されたことか。春菜は心が折れかけたという。

「……永遠にOK出ないかと思いました」

忍は澄ました顔で、

「味に妥協はしないよ」

「うわ。スパルタ」

キャンプ場利用者にはデリバリーもしているという。

至れり尽くせりだ。

「なら、さっそく注文しちゃおうっと」

萌絵は土偶パンケーキ、無量は遺跡発掘カレー、忍は黒曜石ゼリーを頼んだ。

店内の客は若者が多かったが、独特の雰囲気を醸す縄文土器が珍しいようで、皆、興味津々だ。

ひとつひとつの土器には出土場所の地図が添えられ、歩いていける場所には「出土地めぐりウォーキング」までできるようになっている。

博物館には行かない客も、カフェならば訪れる。

土器に触れる機会のない人々にも、身近に感じられる空間だ。

「……コンセプトカフェはすぐ飽きられるから、中身をちゃんと練らないとね。リピートもしてもらえるよう、立地を活《い》かした期間限定イベントもやる予定なんだ。蛍狩りとか紅葉カフェとか」

「相良さん、それもう頭の中が経営者ですよ」

無量はうれしそうだ。

このカフェの開店に、忍はコーディネーターとして関わったが、実質的には総合プロデューサーだ。コンセプトは忍の発想だし、そこここに忍が夕飯時に夢中で話したアイディアが活かされている。

忍には案外こういう仕事が向いているんじゃないか、と無量は思った。

思ったこと、想像したことを形にする。

そういうことに夢中になっている時の忍は、目がきらきらしている。

無量はそういう忍をもっと見ていたいと思う。

「なにニヤニヤしてんだ、無量」

忍が顔を覗《のぞ》き込んできたので、無量は慌てて「なんでもない」と答えた。

「……あっ。つか、この発掘カレーのスプーン、剣スコしかないじゃん。ジョレンないの？　箸《はし》より手ガリちょうだいよ手ガリ」

「これだからリアル発掘屋は……」

おしゃべりに花を咲かせる若い客たちを、壁にかけられた小谷宗治の写真が見守っている。

気むずかしげだった宗治の表情も心なしか和らいで、目元が微笑んでいるようだった。

＊

カフェを楽しんだ後は、無量の希望通り、久しぶりのイワナ釣りに興じた。

一日たっぷり遊んで、萌絵は一足先に帰る時間となった。

「いいなあ……。私も泊まりたかったなあ」

無量と忍は今日はここで念願のキャンプ一泊だ。

「泊まってきゃいいのに」

「だめ。明日《あした》、少林寺《しょうりんじ》の昇段試験」

「えっ。なにおまえ、これ以上まだ強くなる気？　何段よ」

「五段ですが何か」

ひー、と無量は頭を抱えた。

「よしてくんない？　人類最強目指してんの？」

「失礼だなあ。西原くんのためでしょ」

なんで俺？　と無量はきょとんとしている。

萌絵は肩をすくめて、荷物を抱えた。

「西原くんが事件に巻き込まれ過ぎるからでしょ。私の武術の止まらない進化に脅威をおぼえるくらいなら、少しは西原くんも戦闘値をあげること」

「ムリムリ」

「ははは、そのうち無量も永倉さんに弟子入りすればいいよ。……おっと、電車の時間に間に合わない。車まわしてくるよ。ここで待ってて」

駅まで送ってくれるという。忍は小走りで駐車場に向かった。

その後ろ姿を見送って、萌絵がしみじみと言った。

「相良さん、縄文カフェの仕事、すごい楽しそうだったよ。本当はコーディネーターよりプロデューサー業が向いてるんじゃないかな」

無量は萌絵が自分と同じことを思っていたので驚いた。

目を丸くしている無量を見て、萌絵は慌てて両手を振った。

「あ、勘違いしないでよ。相良さんが転職すればライバルが減るとか、そういう下心じゃないから」

「いや別に思ってないし」

「まあ、コーディネーターも業務内容は似てるところもあるんだけど」

もっと自分が前に出て物事を取り仕切る。そういう仕事ができる人間だし、忍もまた、そういう仕事にやり甲斐《がい》を感じるのではないだろうか。

「目がきらきらしてんだよな。自分じゃ気づいてないと思うけど」

いろいろなことから解き放たれたようにのびのびとしている。

何もこの業界でなくても、忍は才能を発揮できるのではないか。

なのに、それをしようとしないのは、

「もしかして、俺のせいかな……」

萌絵は驚いた。

「なんで西原くんのせい？」

「いろいろあったから、そのせいかなって」

忍には自分に対しての罪滅ぼしのような感情があることは、無量も察している。

そのためにこの業界に引き留めているのだとしたら、心苦しい。

ただ萌絵のほうは、忍がこの業界にいなくてはならない理由は他にもあるのではないかと思っている。

――相良さんは本当に西原くんの味方なんですか。

いつかそう問い詰めた萌絵に、忍はこう答えた。

――僕は僕の意志で、この状況に身を置いている。そのことに一片の嘘もない。

あれは「本来ならば選択しないはずの状況」だからこそ出てきた言葉だともとれるのだ。「一片の嘘もない」とわざわざ言わなければならないほどに。

ＪＫという謎の人物が、そこには関わっている。

萌絵は数瞬、険しい顔になったが、我に返って、無量に向かった。

「……どっちにしても相良さんは選んだんだよ。西原くんのそばにいるって」

「俺のそばに？」

「うん。それが一番の理由なんじゃないかな。いろいろあったとしても、今、その気持ちでいることが大事なんじゃないかな」

「今、その気持ちでいること……」

あ、と無量は不意に気がついた。

――俺はガキ大将の忍がいいな……。

あの時、忍に淋《さび》しそうな眼差《まなざ》しをさせてしまった理由が、今やっとわかったのだ。

「……俺、言い間違えた……」

紅葉に染まり始めた山間の夕暮れは、どこか物淋しい。

萌絵を駅まで送って、ついでに日帰り温泉につかり、キャンプ場に戻ってきた忍と無量は、テントを張り、キャンプ飯を堪能《たんのう》した。

缶チューハイを呑《の》み、コンロであぶったウィンナーにかじりつき、まったりとした時間を過ごしながら、ふたりは真っ暗な山の稜線《りょうせん》を見つめている。

虫の音が聞こえる。渓流の音に安らぐ。

「……星、多いね」

無量はコロラドを思い出したのか、懐かしそうな顔をした。

忍も空を見上げた。黒い切り絵のような山の間に月も出てきた。眩《まぶ》しいくらいの満月だ。

「いい月だな……」

忍も穏やかな顔をしている。

その表情は、とても柔らかくて自然だ。

何かに耐え、心のバランスをとるために得た「穏やかさ」などではなく、心になんの構えもない、子供の頃と変わらない素顔だ。

「楽しいな、無量」

「うん」

「あの真っ暗な山のどこかには、まだ見つかってない土器が眠っているんだろうな」

無量も忍の視線を追って、山のほうを見た。灯《あか》りもなく、闇に沈む森は、どこまでも深くて少し怖いけれど、その果てしない闇はありのままの自然の力そのもので、不思議と見つめる者の心を裸にしていく。

コンロの火に照らされる忍の横顔を見つめていた無量は、ふと呟《つぶや》いた。

「……やっぱ、撤回」

「なにを？」

「前に、俺、ガキ大将の忍がいいって言ったけど……。確かに忍が忍らしくいられてるのが、俺には一番なんだけど、それだけじゃない」

要領を得ない言い方に、忍は首を傾げた。

無量は火を見つめて、

「いろんなことあって、いろんな感情抱えて、こうなった今のおまえだから。そうなれない理由も全部ひっくるめて『今』のおまえだから」

龍禅寺の「呪い」のせいで歪《ゆが》んでしまったものも、その「呪い」から心を守るために変わってしまった性格も、身につけた振る舞い方も。

無量は否定しない。それが忍の生き方なのだ。

この大地がそうであるように、土の層を積み重ねて今の忍がある。どの層もなかったら今の忍はない。それらすべて忍が運命と闘って必死に歩いてきた証《あかし》だからだ。

長い旅をする者がボロボロになったカバンの傷を愛《いと》おしむように。

「俺は『今の忍ちゃん』が一番いい」

「……。ありがとう、無量」

忍は微笑んだ。淋しい眼差しはしていない。

無量は安堵《あんど》した。

チューハイをあおろうとして、空を見上げた。と、その時。

光が一筋、夜空をすうっと横切った。

「あっ。流れ星」

忍も空を見上げた。

そこには明るい満月が浮かんでいる。

渓流の風に吹かれて、ふたりは月を眺めている。
焼けたウィンナーの香ばしいにおいがした。

主要参考文献

『東京都千代田区　四番町遺跡』後藤宏樹・厚秀雄　東京都千代田区　四番町遺跡調査会
東京都住宅局
『江戸の穴』古泉弘　柏書房
『災害都市江戸と地下室』小沢詠美子　吉川弘文館歴史文化ライブラリー33
『江戸の大名屋敷』江戸遺跡研究会 編　吉川弘文館
『東京時代ＭＡＰ　大江戸編』新創社 編　光村推古書院

なお、作中の発掘方法や手順等につきましては実際の発掘調査と異なる場合がございます。
また考証等内容に関するすべての文責は著者にございます。

執筆に際し、数々のご示唆をくださった皆様に心より感謝申し上げます。

本書は、文庫書き下ろしです。

遺《い》跡《せき》発《はつ》掘《くつ》師《し》は笑《わら》わない

あの時代《じだい》に続《つづ》く空《そら》

桑原《くわばら》水《みず》菜《な》

令和２年 11月25日　初版発行
令和６年 10月30日　５版発行

発行者●山下直久

発行●株式会社KADOKAWA
〒102-8177　東京都千代田区富士見2-13-3
電話　0570-002-301（ナビダイヤル）

角川文庫 22425

印刷所●株式会社KADOKAWA
製本所●株式会社KADOKAWA

表紙画●和田三造

ISBN 978-4-04-109788-5　C0193

角川文庫発刊に際して

角川源義

第二次世界大戦の敗北は、軍事力の敗北であった以上に、私たちの若い文化力の敗退であった。私たちの文化が戦争に対して如何に無力であり、単なるあだ花に過ぎなかったかを、私たちは身を以て体験し痛感した。西洋近代文化の摂取にとって、明治以後八十年の歳月は決して短かすぎたとは言えない。にもかかわらず、近代文化の伝統を確立し、自由な批判と柔軟な良識に富む文化層として自らを形成することに私たちは失敗して来た。そしてこれは、各層への文化の普及滲透を任務とする出版人の責任でもあった。

一九四五年以来、私たちは再び振出しに戻り、第一歩から踏み出すことを余儀なくされた。これは大きな不幸ではあるが、反面、これまでの混沌・未熟・歪曲の中にあった我が国の文化に秩序と確たる基礎を齎らすためには絶好の機会でもある。角川書店は、このような祖国の文化的危機にあたり、微力をも顧みず再建の礎石たるべき抱負と決意とをもって出発したが、ここに創立以来の念願を果すべく角川文庫を発刊する。これまで刊行されたあらゆる全集叢書文庫類の長所と短所とを検討し、古今東西の不朽の典籍を、良心的編集のもとに、廉価に、そして書架にふさわしい美本として、多くのひとびとに提供しようとする。しかし私たちは徒らに百科全書的な知識のジレッタントを作ることを目的とせず、あくまで祖国の文化に秩序と再建への道を示し、この文庫を角川書店の栄ある事業として、今後永久に継続発展せしめ、学芸と教養との殿堂として大成せんことを期したい。多くの読書子の愛情ある忠言と支持とによって、この希望と抱負とを完遂せしめられんことを願う。

一九四九年五月三日